KNISTER

Tolle Zauberreise mit Hexe Lilli

Herzlichen Glückwunsch
zu Deinem Geburtstag,
wünscht Dir liebe Christina,

Carolina

Klein-Winternheim im August/September
2.006

KNISTER
geboren 1952, lebt in Wesel.
KNISTER schreibt Bücher, macht Musikkassetten und CD-ROMs.
Verrückt, lustig und spannend. Immer!
Lieblingsfarbe: BUNT.
Lieblingsessen: Spagetti zu jeder Tageszeit.
Hobby; In einer Rockband spielen.
Sternzeichen: Frosch oder so ähnlich.

Birgit Rieger
lebt und arbeitet in Berlin. Als freischaffende Grafikerin gestaltet und illustriert sie Bücher für Kinder und Jugendliche.

Der Sammelband umfasst folgende Bände:
»Hexe Lilli und der Zirkuszauber«
»Hexe Lilli und der Ritter auf Zeitreise«

Die Hörspiel-CD enthält:
»Hexe Lilli im wilden Wilden Westen«

In neuer Rechtschreibung

Sonderausgabe 2006

Einband- und Innenillustrationen: Birgit Rieger

Gesamtherstellung: Westermann Druck Zwickau GmbH
ISBN 3-401-05914-9
ISBN 9-783-401-05914-3
www.arena-verlag.de

KNISTER

Tolle Zauberreise mit Hexe Lilli

Zwei starke Geschichten und ein spannendes Hörspiel

mit Illustrationen von
Birgit Rieger

Arena

Das ist Lilli, die Hauptperson unserer Geschichte. Sie ist ungefähr so alt wie du und sieht aus wie ein gewöhnliches Kind. Das ist sie eigentlich auch . . . aber doch nicht ganz. Lilli besitzt nämlich etwas, was überhaupt nicht gewöhnlich ist: ein Hexenbuch!
Eines Morgens fand Lilli es neben ihrem Bett. Wie ist es da wohl hingekommen? Keine Ahnung. Lilli weiß nur, dass die schusselige Hexe Surulunda Knorx das Buch aus Versehen liegen lassen hat. Und sie weiß, dass echte Zaubereien und wilde Hexentricks in dem Buch stehen.
Einige davon hat Lilli schon ausprobiert. Aber aufgepasst:

Versuche lieber nicht Lillis Hexereien nachzumachen!

Hast du nur ein Wort falsch gelesen,
wird Zahnbürste zum Hexenbesen.
Aus Lehrerin wird böser Schurke,
aus Eis am Stiel wird saure Gurke.

Vorsichtshalber hat Hexe Lilli niemandem von ihrem tollen Buch erzählt. Sie ist sozusagen eine echte Geheimhexe.

Auch vor ihrem kleinen Bruder Leon hält sie das Hexenbuch geheim. Das ist gar nicht so einfach, denn Leon ist sehr neugierig und kann manchmal ziemlich nervig sein.

Lilli hat ihn aber trotzdem sehr lieb.

So . . . und jetzt kann der Lesespaß losgehen!

Hexe Lilli
und der
Zirkuszauber

Dieses Buch
enthält zwei
echte Zirkustricks.

1. Kapitel

Welch eine Freude, ein Zirkus ist in der Stadt!
Und was noch schöner ist, Lillis Mutter hat heute Morgen Eintrittskarten für die große Sondervorstellung am Sonntag gekauft. Eine Karte für sich, eine für Lilli und eine für Leon. Das war wirklich

Glück, denn sie hat die allerletzten Karten erwischt.
»Ach, wenn nur endlich Sonntag wäre«, stöhnt Leon. Er kann es kaum noch erwarten.
Mama hat für die Kinder ein buntes Zirkusplakat mitgebracht. Das hängt jetzt in Leons Zimmer an der Tür. Seitdem hockt Leon davor und träumt sich in die Zirkuswelt hinein. Er wirbelt mit den Akrobaten durch Feuerräder, reitet auf Elefanten, schwingt im Raubtierkäfig die Peitsche . . . Er kann einfach nicht genug bekommen.
Doch dann wird er aus seinen Träumen gerissen. »Hallo, Kleiner«, ertönt im Flur eine Stimme. Das ist Lilli. Sie kommt gerade aus der Schule.
»Tag!«, ruft Leon. »Du, Lilli, ich muss dir was Tolles zeigen. Komm mal her!«
Lilli betritt das Zimmer ihres Bruders.

»Wie siehst du denn aus?«, fragt sie überrascht.

»Kannst du's nicht erkennen?« Leon rückt seinen Handtuchturban zurecht, zieht einen Kochlöffel aus seinem Gürtel, schnalzt mit der Zunge und stolziert langsam durchs Zimmer. Dabei führt er den Kochlöffel in der linken Hand wie ein

Zepter und mit der rechten Hand winkt er Lilli vornehm zu.
»Vielleicht wie . . . ein indischer Prinz auf einem Zirkuselefanten?«, rät Lilli.
»Genau«, jubelt Leon. »Und sieh mal hier.« Voller Stolz hängt er sich die Tischdecke als Umhang um und baut sich vor dem Zirkusplakat auf.

»Na?«, fragt er erwartungsvoll.
»Wie schön das Bild ist«, sagt Lilli träumerisch. »Nur furchtbar schade, dass . . .« Sie verstummt.
»Was ist schade?«, will Leon wissen.
»Na ja, dass meine beste Freundin Mona am Sonntag nicht mit mir gehen kann. Ihre Mutter hat es auch versucht, bevor sie Mona von der Schule abgeholt hat, aber es hat nicht geklappt. Für die Galavorstellung waren schon alle Karten ausverkauft.«
»Und wenn sie an einem anderen Tag geht?«, versucht Leon seine Schwester zu trösten. »Mein Freund Tobias geht am Donnerstag. Für den Donnerstag gibt es bestimmt noch Karten.«
»Kann schon sein, aber wir möchten so gern zusammen in den Zirkus gehen! Außerdem ist die Galavorstellung nur am Sonntag.«

Leon versteht nicht. »Was für eine Gala wird nur am Sonntag vorgestellt?« Lilli muss lachen. Sie erklärt: »Da wird niemand vorgestellt – und eine *Gala* schon gar nicht. Eine *Gala*vorstellung ist einfach eine besondere Vorstellung. Da legen sich die Künstler und Artisten so richtig ins Zeug, weil der Bürgermeister und andere bekannte Leute eingeladen sind.«
Dann hat sie plötzlich eine Idee. »Du, Leon . . . Wenn es für die Vorstellung am Donnerstag noch Karten gibt, könntest du doch am Donnerstag mit deinem Freund Tobias gehen und mir deine Sonntagskarte für meine Freundin geben, oder? Dann könnten wir beide mit unseren Freunden gehen und hätten bestimmt viel mehr Spaß!«
Leon hockt sich im Schneidersitz vor das Plakat. »Ach, das muss nicht sein«, sagt er trocken. War ja auch nicht anders zu

erwarten, nachdem Lilli gerade von der Galavorstellung geschwärmt hat.
Doch Lilli lässt nicht locker: »Aber es wäre doch viel schöner. Ich meine, jeder von uns mit seinem Freund oder seiner Freundin.«
»Ja, schon, nur . . .«, will Leon widersprechen.
Lilli lässt ihn gar nicht erst ausreden und sagt: »Außerdem ist Donnerstag schon *übermorgen*. Da brauchst du nicht mehr so lange zu warten.«
Leon blickt zu Lilli hoch. »Trotzdem. Am Donnerstag ist eben keine Galavorstellung. Wenn du unbedingt mit deiner Freundin gehen willst, könntest *du* doch deine Karte tauschen. Ich meine, mit Tobias.«
»Nein. Das geht leider nicht, weil ich doch donnerstags zum Geigenunterricht muss. Diesmal darf ich auf keinen Fall fehlen, wir haben bald Vorspiel. Sonst hätte ich

sofort getauscht, ehrlich. Stell dir vor, schon übermorgen ist es dann so weit.«
Leon windet sich. »Ja, aber die Galavorstellung?«, wiederholt er beharrlich.
Lilli macht eine abfällige Handbewegung. »Ach, die . . . Wenn ich's mir recht überlege, bin ich gar nicht glücklich, dass ich da hinmuss. Wegen des Risikos.«
»Risiko?« Wieder versteht Leon nicht und seine Schwester erklärt mit wichtiger Miene: »Bei Galavorstellungen ist es gefährlich. Erst kürzlich ist wieder was passiert!

Gerade bei einer Galavorstellung gab es eine Katastrophe. Es war schrecklich. Auch für die armen Tiere . . .«
Leon springt hoch. »Für die Tiere? Wieso, was ist passiert?«
Lilli schnäuzt sich die Nase und denkt fieberhaft nach. Jetzt muss sie sich blitzschnell etwas einfallen lassen! Schließlich beginnt sie: »Also – die Gala sollte für das Fernsehen aufgezeichnet werden und da wollten die Zirkusleute es besonders gut machen. Es fing alles mit dem Zauberer an. Der wollte an diesem Tag einen neuen Trick vorführen. Sonst zauberte er immer Kaninchen aus dem Hut . . .«
»Genau wie auf dem Plakat!«, ruft Leon dazwischen.
»Ja, und diesmal sollte, wie gesagt, ein neuer Trick ausprobiert werden. Dafür hatte der Zauberer lange geübt und nun

war es so weit. Zum ersten Mal wollte er ein Huhn hervorzaubern. Ein ganz kleines, aber lebendiges Huhn. Die armen Leute – wären sie doch besser nie in eine Galavorstellung gegangen! Der Zauberer hatte natürlich zuvor das Huhn in seinem Zylinder versteckt. Im entscheidenden Moment wollte es aber nicht heraus. Der Zauberer langte hinein, um ein bisschen nachzuhelfen.

Das Huhn hackte kräftig zu – jedenfalls schrie der Zauberer laut und die Zuschauer lachten laut. Da schimpfte der Zauberer mit dem Huhn und die Leute lachten noch mehr, weil sie dachten, der Zauberer spielt den Clown.«
»Das war ja auch lustig!«, ruft Leon begeistert.
»Aber nicht für den Zauberer«, sagt Lilli schnippisch. Oje! Sie merkt, dass ihre Geschichte nicht die erwünschte Wirkung erzielt. Darum erzählt sie rasch weiter.
»Der Zauberer hat sich geärgert und ist schimpfend aus der Manege gelaufen. Draußen hat er mit seinem Gezeter die Dressurpferde aufgescheucht. Die standen nämlich schon hinter dem Vorhang und warteten auf ihren Auftritt. Nun brannten die Pferde durch und preschten in die Manege. Sie rissen zwei Fernsehkameras um und waren auch vom Zir-

kusdirektor nicht zu bändigen. Wie wild ging es in der Manege im Kreis herum. Zunächst fanden die Zuschauer auch das noch lustig. Doch als dann die Pferde immer wilder tobten, bekamen einige es mit der Angst zu tun, andere fingen an zu pfeifen. Als schließlich der Zauberer wieder in die Manege kam, um stolz sein Huhn zu zeigen, wurden die Zuschauer echt wütend. Kein Wunder, ein Zaubertrick, der nicht vor den Augen des Publikums ausgeführt wird, riecht ja förmlich nach Betrug. Sie verließen also unter Protest den Zirkus – und dort erwartete sie erst das dicke Ende der Galavorstellung: Vor dem Zeltausgang hatte sich inzwischen die Zirkusfeuerwehr auf-

gestellt, um zu verhindern, dass die durchgebrannten Pferde aus dem Zirkus galoppierten. Und so wurden die Zuschauer unter Wasserbeschuss genommen und die gesamte Vorstellung ging baden. Tja, da hatten die Leute Pech . . . Aber sie mussten ja unbedingt eine Galavorstellung besuchen.«
Lilli schaut ihren Bruder prüfend an. Und wirklich, er ist sichtbar beeindruckt –

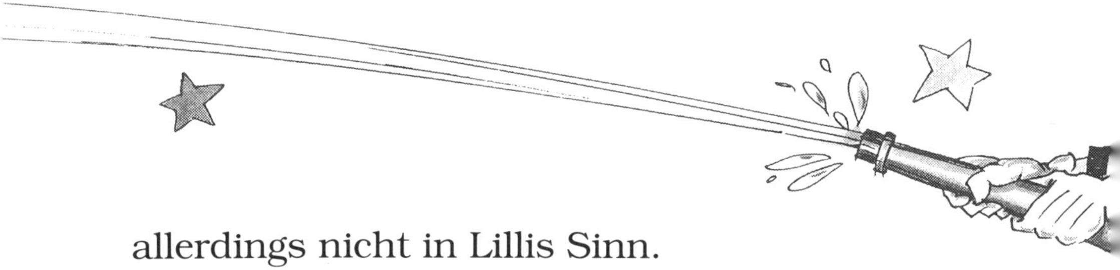

allerdings nicht in Lillis Sinn.
»Da wäre ich gern dabei gewesen«, sagt er. »Das muss wirklich irre spannend gewesen sein.«
Lilli verzieht das Gesicht. So leicht ist Leon wohl nicht zu übertölpeln. Um mit ihrer Freundin gemeinsam in die Gala-

vorstellung zu kommen, muss sie sich etwas anderes einfallen lassen.
Ob vielleicht ein bisschen Hexerei helfen könnte? Lilli überlegt. »Ich muss jetzt in meinem Zimmer Hausaufgaben machen«, sagt sie schließlich. »Bitte lass mich allein und stör mich nicht.«
Und schon verschwindet sie in ihrem Kinderzimmer.

2. Kapitel

Lilli horcht an der Zimmertür, ob Leon ihr nicht vielleicht doch gefolgt ist. Das macht er nämlich gern. Aber nein, die Luft ist rein, Lilli hat ihre Ruhe. Schnell kramt sie ihr Hexenbuch heraus. Tief unter dem Bett, ganz hinten an der Wand, zwischen den Rollschuhen und dem Karton mit dem Puppengeschirr liegt es versteckt.
Und wonach soll Lilli nun in dem Hexenbuch suchen? Die verschiedenen Zaubertricks sind dort nach dem Alphabet geordnet. Lilli überlegt kurz: Sie will ihren Bruder zum Tausch der Karten *überreden*, also sucht sie unter dem Buchstaben Ü.

Da findet sie: *Überbein, Überfall,* \λ☠ℜφ, *Überflügeln,* *Ü*♓♋♏♍♦♎♐, *Überzwerch, Ülk.* Pech, das Wort *Überreden* ist nicht aufgeführt.

Eigentlich klar, fällt Lilli ein. Eine Hexe braucht ja niemanden zu überreden, sie hext den Leuten einfach ihren Willen auf! *Wille* . . . Vielleicht steht bei dem Wort Wille ein passender Zaubertrick? Lilli sucht weiter und blättert sich durch viele Zaubersprüche, die unter dem Buchstaben W aufgeführt sind, bis sie schließlich das Stichwort *Wille* entdeckt. Ihr Gesicht hellt sich auf. Hier steht etwas, was ihr bestimmt weiterhilft: Ein Hexenspruch, um jemandem den Willen umzudrehen.

Der Spruch ist ziemlich lang und kompliziert. Hinter dem Spruch steht in Hexenklammern noch eine Warnung: {Vorsicht vor dem Umkehreffekt!} Was das wohl bedeuten soll? Egal. Rasch schreibt Lilli sich den Spruch ab. Dann versteckt sie sorgfältig ihr Buch wieder unter dem Bett. Und nun heißt es auswendig lernen! Von früheren Zaubereien weiß Lilli, wie wichtig es ist, sich genau an die Anweisungen zu halten. Zu leicht kann sonst etwas schief gehen. Für manche Hexentricks werden zum Beispiel auch ganz bestimmte Zutaten gebraucht. Die müssen dann unbedingt besorgt werden – egal, wie schwierig das ist. (Ein Fliegenbein oder zermahlene Butterblumenstängel lassen sich ja noch auftreiben; aber wenn man frischen Krötenschleim oder zermahlene Igelkralle braucht . . .) Zum Glück reicht es Lilli für ihre jetzige Hexerei, wenn sie den Spruch einmal vorwärts und einmal rückwärts aufsagt.

Das ist schon schwierig genug. Besonders das Rückwärtssprechen bereitet Lilli Probleme. Es ist eben noch kein Meister vom

Himmel gefallen! So muss sie üben, üben und noch mal üben. Nicht ohne Grund heißt es im Vorwort von Lillis Hexenbuch:

Aus einem Rappen wird niemals ein
Schimmel.
Eine Hexe fällt niemals vom Himmel.
Doch wenn sie nicht übt, fällt sie
sicher vom Besen,
so ist es zu allen Zeiten gewesen!

Zwei ganze Stunden lang murmelt Lilli den Zauberspruch vorwärts und rückwärts vor sich hin. Natürlich nennt sie dabei Leons Namen nicht, damit die Hexerei noch keine Wirkung hat. Dann endlich fühlt sie sich sicher genug, um den Zauber mit Leon zu wagen.
Sie geht in sein Zimmer. Oh, sieht es da wüst aus! Leon hat inzwischen die Matratze aus seinem Bett geholt und auf dem

Boden ausgebreitet. Wic cin Zirkusartist hopst er mit wilden Sprüngen herum und springt dabei so hoch, dass er fast an die Deckenlampe stößt.
»He, wen haben wir denn hier?«, ruft Lilli. »Sieht ja aus wie der berühmte Leonardo da Springi, der weltbekannte Todesspringer aus dem Zirkus Trampolin.«
Leon muss lachen. Deshalb landet er mit seinem letzten Sprung fast auf dem kleinen Tischchen, auf dem seine Legoburg aufgebaut ist.
»Toll, was? Probier doch mal!«, fordert er Lilli auf.
Lilli allerdings führt etwas Eigenes im Schilde. »Ich möchte etwas anderes ausprobieren«, sagt sie. »Eine kleine Zauberei.«
»Klingt gut. Und . . .?« Leon schaut Lilli erwartungsvoll an.

»Es ist ein Zauberspruch, mit dem man das Licht an- und auszaubern kann«, erklärt Lilli.
»Das will ich sehen«, sagt Leon. »Und stell dich weit vom Lichtschalter weg, damit du mich nicht hereinlegen kannst!«
»Schlaues Bürschchen«, sagt Lilli. Insgeheim denkt sie aber das Gegenteil, denn sie weiß etwas, was Leon sicherlich nicht weiß: Auf der anderen Seite des Zimmers, der Tür gegenüber, gibt es noch einen Lichtschalter, vor dem schon seit vier Jahren ein Schrank steht. Lilli kennt den Schalter noch von früher.

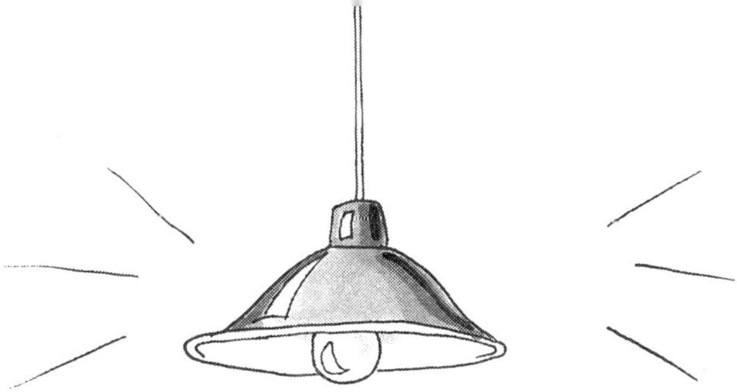

Wie zufällig schiebt sie sich also in die Nähe des Schrankes. »Bin ich jetzt weit genug entfernt vom Lichtschalter?«, fragt sie scheinheilig. »Ich kann sogar die Hände hinter meinen Rücken legen, damit ich nichts anstellen kann.«

»Gut so«, sagt Leon zufrieden.

»Dann kann ich ja jetzt zaubern. Möchtest du, dass ich das Licht an- oder auszaubere?« Leon geht zum Schalter, knipst das Licht an und beantwortet damit Lillis Frage.

»Also gut. Ich muss mich jetzt konzentrieren!«

Leon steht wie gebannt vor dem Schalter an der Tür, schielt mit einem Auge auf die Deckenlampe und mit dem anderen zu Lilli

hinüber. Und Lilli – Lilli konzentriert sich wirklich. Aber nicht auf den Lichtschalter, den hat sie hinter ihrem Rücken längst ertastet. Mit geschlossenen Augen beginnt sie den Zauberspruch zu murmeln, der Leons Willen ändern soll. Ihre Stimme klingt wie von selbst geheimnisvoll, denn die schier unaussprechlichen Worte lassen sich kaum über die Lippen bringen.

Schon hat sie es geschafft, den Spruch vorwärts aufzusagen. Weiter geht's! Doch während sie angestrengt die Worte rückwärts buchstabiert, kommt ihr plötzlich in den Sinn, was im Hexenbuch stand: Vorsicht vor dem Umkehreffekt. Sie reißt sich zusammen – jetzt nur nicht abschweifen, bloß nichts falsch machen! Endlich hat sie es hinter sich gebracht und öffnet die Augen.

Und was sieht sie? Leon, der an der Tür steht und sie immer noch erwartungsvoll anschaut.

Mist, verflixter!, denkt Lilli. Sie war in Gedanken so sehr bei dem Zauberspruch, dass sie darüber den Lichtschalter total vergessen hat. Fast hätte sie über sich selbst gelacht. Sie kann sich aber gerade noch beherrschen und sagt: »Ich glaube, ich muss es noch einmal probieren. Ich habe aus Versehen den falschen Zauberspruch gewählt. Du hast es vielleicht gehört – er ist sehr altmodisch, wahrscheinlich löscht er nur Kerzenlicht. Lass es mich noch einmal versuchen.«

Leon schüttelt den Kopf, aber das bekommt Lilli nicht mit, weil sie die Augen schon wieder geschlossen hat. Sie murmelt aufs Neue, diesmal natürlich einen anderen Spruch. Einen, den sie aus dem Stegreif frei erfindet:

»Licht und Blitz, Kathodenstrahl,
Atomreaktor, Megaqual,
Osram, Philips, Halogen,
Niedervolt mit Benzpyren,
Satelliten, Kabelgraus,
Elektrosmog, das Licht geh aus!«

Beim letzten Wort knipst Lilli das Licht aus und Leon klappt vor Staunen der Unterkiefer herunter.

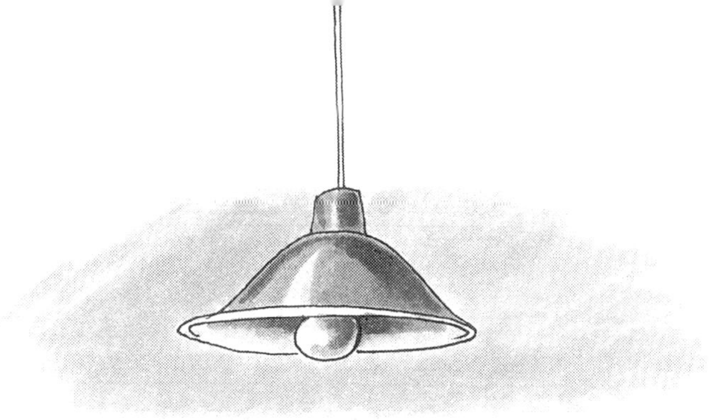

»Wie hast du denn das gemacht?«, fragt er total beeindruckt.
»Hexerei eben«, sagt Lilli. Um die Wirkung noch zu unterstreichen, geht sie zu Leon, schiebt ihn etwas zur Seite und schaltet das Licht wieder an.

»Noch mal«, fordert Leon.
»Nein!«, lacht Lilli. »Kein guter Zauberer wiederholt einen Trick.« Sosehr Leon auch bettelt und quengelt, Lilli gibt nicht nach. Sie hat ja auch anderes im Sinn: Sie will auf der Stelle wissen, ob ihr echter Zauberspruch gewirkt hat. Aber bevor sie das herausfinden kann, ruft Mama aus der Küche: »Lilli, Leon! Zum Abendessen kommen!«

Leon rennt in die Küche. »Mama, Mama!«, ruft er aufgeregt. »Lilli – sie kann zichtig raubern! Sie hat in zeinem Mimmer einfach das Zicht ausgelaubert!«
»Sie hat was?«, fragt Mama.
»Sie hat das Zicht ausgelaubert!«
»Nun beruhige dich erst einmal und setz dich an den Tisch«, sagt Mama. Inzwischen ist auch Lilli in der Küche.
»Lilli, was hast du denn wieder mit ihm angestellt?«, fragt Mama. »Er ist ja völlig durcheinander.«

Lilli bekommt einen hochroten Kopf. Sie hat zwar von Leons Sprachverdrehern noch nichts mitbekommen, aber natürlich weiß sie, dass sie wirklich etwas mit Leon angestellt hat.
»Wieso?«, fragt sie scheinbar harmlos zurück. »Wir haben nur ein bisschen gezaubert. Das ist doch wohl nicht verboten.«
»Ganz genau«, sagt Leon und schüttelt den Kopf dazu.
Jetzt hat auch Lilli mitbekommen, dass mit Leon irgendetwas nicht stimmt. »Alles in Ordnung?«, fragt sie ihren Bruder.
»Klaro«, antwortet er und schüttelt den Kopf.
Der Umkehreffekt!, schießt es Lilli durch den Kopf. Oje, das muss also damit gemeint gewesen sein! Für einen Moment überlegt sie, ob sie Leon nicht rasch in ihr Zimmer bitten soll, um den Zauber rückgängig zu machen. Aber den Gedanken

gibt sie gleich wieder auf. Zuerst will sie unbedingt versuchen ihr Ziel zu erreichen: Sie will Leon die Zirkuskarte für ihre Freundin abluchsen.
Hoffentlich gibt es bis dahin keine Probleme . . .

3. Kapitel

»Und wie steht es mit dem Tischdecken?«, fragt Mama.
»Mach ich goch dern«, sagt Leon und springt bereitwillig auf. Mama wundert sich immer mehr. Oft streiten sich Leon und Lilli, weil sie sich beide vorm Tischdecken drücken wollen!
»Hui, Leon«, sagt sie anerkennend, »solch ein eifriger Einsatz, das lobe ich mir!«
Lilli wundert sich nicht. Sie weiß jetzt, dass sich mit Leons Willen im Augenblick etwas verändert hat. Brav geht sie dem

Bruder zur Hand. Hoffentlich redet er nur nicht unnötig und macht Mama damit stutzig!, denkt sie dabei. Und überhaupt, wer weiß, was der Umkehreffekt sonst noch alles bewirkt? Vielleicht deckt Leon die Teller gleich unter statt auf dem Tisch oder er löffelt die Suppe nicht in den Mund, sondern . . .

Lilli wagt gar nicht weiterzudenken, was Leon alles anstellen könnte.

»Achtung!«, sagt Mutter in diesem Augenblick und stellt die heißen Töpfe auf den Tisch. »Wer möchte Suppe?«

»Ich will keine Suppe«, antwortet Leon wie aus der Pistole geschossen.

»Aber du isst sie doch sonst so gern«, sagt Mutter erstaunt. »Es ist Tomatensuppe.«

»Leckere Somatentuppe hab ich noch nie gemocht«, entgegnet Leon.

»Aber ich möchte«, mischt Lilli sich schnell ein.

»Also, das verstehe, wer will«, sagt Mutter und gibt zuerst Lilli, dann sich selbst Suppe. Damit ist Leon aber keineswegs einverstanden.

»Und warum bekomme ich seine Kuppe?!«, beschwert er sich.

»Weil du vorhin keine wolltest«, sagt Lilli. »Schon gut.« Und sie versorgt ihren Bruder mit seinem Lieblingsessen.

»Weißt du eigentlich überhaupt noch, was du willst?«, fragt Mama ratlos. »Und dann noch diese alberne Buchstabenverdreher . . .«

»Wieso?«, sagt Leon und er klingt, als ob er es ehrlich meint. Offensichtlich versteht er wirklich nicht, was los ist. Fast tut er Lilli Leid.

»Jetzt frag nicht do summ«, äfft Mama ihn nach. Das bringt Lilli auf eine Idee: Sie könnte für Mama die Umkehrwirkung des Hexentricks als Spiel vertuschen, um

sich so über die Zeit zu retten. Wenn Mama ihr bloß nicht auf die Hexenschliche kommt! Sie überlegt einen Moment und sagt: »Wer Wuppe sill, soll Huppe saben, und wer keine Wuppe sill, soll keine Huppe saben.«

Jetzt müssen alle lachen. Lillis Zungenbrecher klingt auch wirklich zu komisch. Und so nimmt das Abendessen durch die Umkehrwirkung noch einen lustigen Verlauf. Am Schluss ist sich Lilli wirklich sicher, dass Leon ganz unter der Wirkung ihres Zauberspruchs steht. Darum wagt sie jetzt den entscheidenden Vorstoß. An Mama gewandt, sagt sie: »Du, stell dir vor,

Leon ist so lieb und tauscht mit mir die Eintrittskarte für den Zirkus! So kann ich mit meiner Freundin zusammen die Galavorstellung besuchen.«

»Wie soll ich das verstehen?«, fragt Mama.

»Leon gibt Mona seine Zirkuskarte vom Sonntag und bekommt dafür eine Karte vom Donnerstag. Dann können wir beide mit unseren Freunden gehen.«

»Ja, ist Leon denn wirklich damit einverstanden?«, will Mama wissen. »Vorhin war er doch noch ganz versessen auf die Galavorstellung am Sonntag.«

Leon nickt mit dem Kopf und sagt: »Lilli kann meine Harte kaben. Ich gehe dann übermorgen tit Mobias.«

»Also, jetzt lass mal den Quatsch«, mahnt Mama. »Nicht, dass du mir am Sonntag herumjammerst! Kann Lilli bestimmt deine Karte haben, ja oder nein?«

»Ja«, sagt Leon. Und schon greift Lilli, bevor

er sich’s vielleicht doch noch anders überlegen kann, zum Telefon. Voller Freude erzählt sie Mona, dass es mit dem gemeinsamen Zirkusbesuch am Sonntag klappt.
»Also, wie ihr das wieder hingekriegt habt. Ihr seid mir vielleicht Schlawiner«, murmelt Mama im Hintergrund.
Dann legt Lilli den Hörer auf und macht einen richtigen Freudensprung und gibt Leon einen Kuss: »Danke, Leon! Du freust dich doch auch, nicht wahr?« Aber sie besinnt sich schnell und wartet seine Antwort gar nicht erst ab.
»Und jetzt verrate ich dir in deinem Zimmer, wie ich den Zaubertrick mit dem Licht gemacht habe«, schlägt sie vor.
Sie muss ja den Zauber wieder rückgängig machen – bevor Mama vielleicht doch was merkt.
»Und was ist mit dem Geschirr?«, will Mama wissen.

»Das decke ich vorher ab«, sagt Lilli lammfromm. Und zu Leon: »Geh du schon mal in dein Zimmer!« Sicher ist sicher . . .
Lilli beginnt also das Geschirr in die Spülmaschine zu räumen, Leon geht.
»Mach keinen Quatsch!«, ruft Lilli ihm noch nach. Während sie aber mit dem schmutzigen Geschirr hantiert, lässt ein eigenartiges Geräusch sie aufhorchen. Da fällt es Lilli mit Schrecken ein: Für Leon könnte es ja auch eine Aufforderung zum Quatschmachen darstellen, wenn sie ihm »Mach keinen Quatsch« zuruft!
»Untersteh dich«, ruft sie laut und hastet in Leons Zimmer. Dort ist der kleine Bruder nicht. Lilli braucht nicht lange zu raten, wo sie ihn finden wird. Sie stürmt zu ihrem eigenen Zimmer, drückt die Türklinke herunter . . .

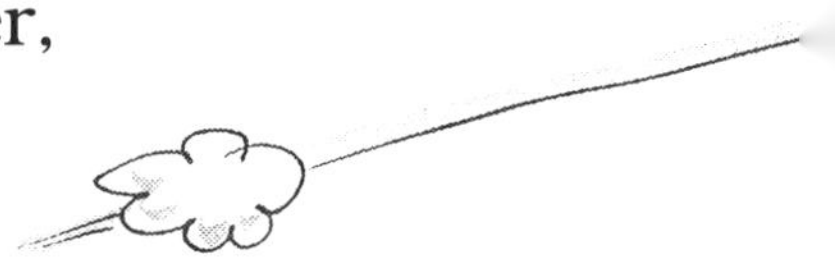

Mist! Die Türklinke ist total mit Zahnpasta eingeschmiert. Und im Zimmer – oh nein! Leon hat tatsächlich Lillis Bitte, keinen Quatsch zu machen, gründlich umgekehrt. Er hockt mitten auf Lillis Bett, ganz friedlich übrigens. Ihren Lieblingspullover hat er sich als Hose angezogen. Vor sich hat er einen Zeichenblock liegen.

Den muss er sich aus Lillis Ranzen genommen haben. Er malt mit Mamas gutem Lippenstift knallrote Männchen mit vier Augen und zwei Nasen und ist so vertieft in seine Quatschmalerei, dass er Lilli erst nach einer Weile bemerkt. Jetzt sagt er gerade so, als könne er kein Wässerchen trüben: »Du wolltest mir doch den Vaubertrick zerraten.«

Lilli ist sprachlos. Aber sie kann ihrem Bruder nicht böse sein, denn ohne ihren Zauberspruch . . .
»Den Trick verrate ich dir gleich«, sagt sie. »Solange bleib bitte ruhig sitzen und beweg dich ja nicht vom Fleck, ich darf nicht gestört werden.«
Lilli schließt die Augen und konzentriert sich auf den schwierigen Zauberspruch. Sie hat ihn zur Hälfte geschafft, als ihr Bruder sie unterbricht: »Nein, falsch! Der kilft nur bei Herzen. Ich will den richtigen Lauberspruch zernen.«

Lilli holt tief Luft. »Darum geht es gar nicht«, erklärt sie. »Bleib jetzt ruhig sitzen, ich verrate dir den Trick *hinterher.*«
Sie konzentriert sich erneut und beginnt zu murmeln. Diesmal lässt Leon sie ungestört, bis . . . bis sie den Zauberspruch fast ganz ausgesprochen hat.
»Aber las Dicht ist ja gar nicht an!«, platzt er dann doch noch los.
Wieder holt Lilli tief Luft und diesmal muss sie sich große Mühe geben nicht aus der Haut zu fahren. »Darauf kommt es nicht an«, zischt sie. »Es ist die Trickvorbereitung, verstehst du?! Kennst du das Märchen von den drei Wünschen?«
Leon nickt.
»Dann weißt du ja auch, dass die Zahl drei beim Zaubern sehr wichtig ist. Die Zahl drei ist eine magische Zahl.«
Leon nickt wieder.
Doch was hat das Nicken zu bedeuten?

Versteht er Lilli oder nicht? Wenn sie doch nur Ruhe für ihren Zauberspruch hätte!
»Also, du hast mich jetzt zweimal gestört. Ich habe nur noch einen dritten Versuch, verstehst du?«
Noch einmal nickt Leon verständig. Fast hätte Lilli gelacht, aber gerade da kommt ihr etwas in den Sinn. Sie fordert Leon auf:
»Hops doch bitte herum, mach ordentlichen Quatsch und lass mich bloß nicht in Ruhe meinen Zauberspruch aussprechen!«
Sie schaut Leon erwartungsvoll an. Der hockt sich mucksmäuschenstill auf Lillis Bett. Lilli probiert ihren Spruch. Und tat-

sächlich – diesmal kann sie ihn glücklich zu Ende bringen. Jetzt muss sie nur noch herausbekommen, ob sie den Zauber wirklich rückgängig gemacht hat. – Nichts leichter als das!

»Leon, ich möchte, dass du mir deinen Game Boy schenkst.«

»Du hast sie wohl nicht mehr alle!«, protestiert Leon. »Zuerst versprichst du mir den Zaubertrick zu verraten und jetzt so was!«

»Schon gut«, lacht Lilli erleichtert. »War ja nur ein Scherz. Komm mit nach drüben, der Zaubertrick mit dem Licht klappt nur in deinem Zimmer.«

In Leons Zimmer hat Lilli den Trick schnell erklärt. Zuerst ist Leon ein bisschen enttäuscht, dass man gar keinen Zauberspruch dazu braucht. Aber es gelingt Lilli, ihn zu versöhnen. Sie schlägt ihm vor den gleichen Trick doch mit Mama zu versuchen. Das probiert Leon gleich aus und Mama staunt ordentlich . . .
Anschließend haben Mama und Leon viel zu telefonieren. Schließlich muss für Leons morgigen Zirkusbesuch noch einiges organisiert werden: Vor allem eine Eintrittskarte, aber auch jemand, der Leon abholt.
Lilli erledigt inzwischen Unangenehmeres – ihre Hausaufgaben.
»Morgen geht's los«, sind die letzten Worte, die Leon seiner Mutter später beim Gutenachtkuss ins Ohr flüstert. Er scheint rundum zufrieden zu sein. Und auch Lilli ist zufrieden. Ihr Hexenbuch hat gute Dienste geleistet.

Vor dem Einschlafen blättert sie noch ein wenig darin herum. Sie sucht vergeblich nach dem Stichwort *Zirkus;* aber dann entdeckt sie plötzlich den Begriff *Gaukler* und da steht einiges, was ihr bekannt vorkommt. Oho! Lilli vertieft sich in die Gauklereien aus früheren Zeiten. »So war das also«, murmelt sie dabei vor sich hin oder: »Schade, dass es solche Zaubereien beim heutigen Zirkus nicht gibt. Warum eigentlich nicht?«

Lilli schlägt das Buch zu und kommt ins Träumen.

Was sie wohl wieder ausheckt?

4. Kapitel

Am Donnerstagnachmittag holt Tobias' Mutter Leon ab. Alles klappt wie am Schnürchen und am frühen Abend kehrt ein begeisterter Leon nach Hause zurück. Lilli erwartet ihn schon an der Haustüre.
»Na, wie war's?«
»Einfach super!«, sagt Leon.
»Los, erzähl schon!«, drängt Lilli.
»Langsam, langsam.« Leon genießt es, dass er als Erster schon alles gesehen hat. Und er steigert Lillis Spannung noch: »Ich erzähle erst was, wenn Mama dabei ist. Ich habe nämlich auch noch eine Riesenüberraschung!«
Lilli kann es kaum erwarten, dass sie alle gemeinsam am Abendbrottisch sitzen. Aber auch Leon kann die Spannung kaum aushalten und er platzt sofort mit seiner Überraschung heraus: »Stellt euch vor, ich darf noch mal in den Zirkus! Bevor die Vorstellung zu Ende war, hat der Zirkus-

direktor gesagt, wir sollten auf unsere Eintrittskarten schauen, und er hat eine Nummer ausgerufen. Und ich wollte es erst gar nicht glauben, aber der Direktor hat *meine* Nummer vorgelesen. Dann durfte ich vorn zu ihm in die Manege kommen, um mir einen Gewinn abzuholen. Und der ist eine Freikarte, eine Freikarte für die Galavorstellung am Sonntag!«

»Dann können wir ja doch alle zusammen gehen«, freut sich Mama und gibt Leon einen dicken Kuss.

»Gratuliere!«, ruft auch Lilli. Und jetzt muss Leon endlich erzählen. Er erzählt so viel, dass Mama beide Kinder zwischendurch ermahnen muss das Essen darüber nicht zu vergessen. Lilli kann gar nicht genug vom Zirkus hören. Nach dem Essen baut sie sogar ihr Schlaflager in Leons Zimmer auf und bis spät in die Nacht lässt sie sich von Leon berichten: Wie die Hochseilartisten in schwindelnder Höhe freihändig auf dem Seil herumgehüpft sind, wie die Frau mit verbundenen Augen brennende Fackeln durch die Luft gewirbelt hat, wie der Tiger dem Elefanten auf den Rücken gesprungen und dem Clown vor Schreck die Hose

heruntergerutscht ist, wie der Dompteur seinen Kopf in das offene Maul des Löwen gesteckt hat . . .

»Nur die Nummer mit dem Messerwerfer war irgendwie komisch«, sagt Leon.

Lilli horcht auf.

»Superscharf waren die Messer. Eine Frau im Cowboykostüm musste sich mit gespreizten Armen und Beinen vor eine bunte Scheibe stellen. Hui!, sind die Messer schon durch die Luft gepfiffen und haarscharf neben ihr eingeschlagen. Aber bei einem Wurf hat der Messerwerfer nicht richtig gezielt und ihr beinah das

linke Ohr festgenagelt. Alle haben aufgeschrien. Auch die Frau! Die Arme hat sich bestimmt zu Tode erschreckt. Zitternd ist sie aus der Manege gegangen. Ich hatte richtig Mitleid mit ihr.«

»Hm.« Lilli wiegt nachdenklich den Kopf hin und her. »Sag mal – und gab es auch einen Zauberer?«

»Na klar«, antwortet Leon. »Der hat drei Hasen hintereinander aus seinem Zylinder gezaubert.«

»Sonst nichts?«

»Doch, außer den Hasen hat er auch Tauben und weiße Mäuse aus dem Hut geholt. Die sahen ganz süß aus. Warum . . .«

Weiter kommt Leon leider nicht, weil Mama das Zimmer betritt und die nächtliche Besprechung auf der Stelle beendet.

»Morgen ist auch noch ein Tag«, tröstet sie die Kinder.

Aber Lilli fällt es gar nicht so schwer, in

ihr eigenes Zimmer zurückzukehren. Sie hat für heute genug erfahren, worüber sie nachdenken kann.

Am nächsten Morgen wird Lilli nur mühsam wach. So gern würde sie im Bett bleiben und weiter vom Zirkus träumen! Doch Mama ist unerbittlich. »Träumen kannst du heute Nacht wieder. Jetzt ist die Schule an der Reihe. Immerhin – nur noch einen Tag, dann ist ja schon Wochenende, nicht wahr?«

»Und dann geht's ab in die Galavorstellung«, sagt Lilli und springt wie eine Akrobatin aus dem Bett.
Die kommenden beiden Nachmittage verbringt sie ganz freiwillig mit ihrem kleinen Bruder. Inzwischen sind ihr noch jede Menge Fragen zum Zirkus eingefallen, über die sie mit Leon sprechen will. Die zwei reden sich die Köpfe heiß:
Werden die Raubtiere ganz, ganz satt gefüttert, bevor sie in die Manege kommen, damit sie niemanden fressen? Oder wären sie dann zu faul und träge für die Vorstellung?
Trägt der Dompteur eine Perücke, unter der er eine Stahlplatte versteckt, falls der Löwe doch überraschend Hunger bekommt?
Stinkt es im Löwenmaul nicht entsetzlich, sodass der Dompteur die Luft anhalten muss, um nicht ohnmächtig zu werden?

Muss die Frau im Cowboykostüm vor jeder Vorstellung Schlaftabletten nehmen, damit sie nicht so genau mitbekommt, was mit den fliegenden Messern passiert? Fragen über Fragen. Lilli und Leon machen sich eine lange Liste, auf was sie am Sonntag genau Acht geben wollen.
Die Nachmittage verbringt Lilli also mit Leon. Die Abende aber verbringt sie mit Vorbereitungen – geheimen Vorbereitungen. Sie haben mit ihrem Hexenbuch und natürlich mit dem Zirkus zu tun!

Endlich, endlich ist es so weit. Lilli, Leon, Mama und Mona sitzen im Zirkus. Die Musik spielt, nach und nach füllt sich das Zelt mit Besuchern. Das dunkelblaue Zeltdach mit seinem bunt schillernden Sternenmuster wird von Scheinwerfern beleuchtet. Das taucht die Zuschauerränge und die Manege in ein gedämpftes, geheimnisvolles Licht. Dazu kommt der fremde Geruch, der schon Pferde und Raubtiere erahnen lässt, gemischt mit dem Duft gebrannter Mandeln, die am Eingang verkauft werden. Einfach prächtig! Das alles schafft eine Stimmung, wie man sie eben nur im Zirkus findet.

»Sieh mal, Lilli, da oben!« Leon muss auch jetzt unbedingt sein ganzes Wissen loswerden. »Die vielen Seile, Schaukeln und Stangen, auf denen schwingen sich gleich die Trapezkünstler durch die

Zirkuskuppel. Und die komischen Eisengestelle, die dort baumeln, gehören zum Raubtierkäfig . . .«

Ein lauter Tusch der Musikkapelle schneidet ihm das Wort ab. Auf den Tusch folgt Marschmusik und kurz darauf erstrahlt die ganze Manege in gleißendem Licht. Dann wandert ein beson-

ders heller Lichtstrahl zum Eingang der Manege. Der Vorhang dort bewegt sich zur Seite und ein Mann in einer prächtigen Uniform tritt heraus.
»Das ist der Zirkusdirektor!«, ruft Lilli und kommt damit ausnahmsweise ihrem Bruder zuvor.
Tatsächlich. Der Direktor stellt sich vor, verbeugt sich und heißt seine hochverehrten Gäste und Ehrengäste willkommen.
»Ich beglückwünsche Sie alle, dass Sie bei dieser aufregenden Galavorstellung zugegen sein dürfen!«
Noch während er aber aufzählt, welche besonderen Attraktionen heute dargeboten werden sollen, wird er unerwartet unterbrochen. Heulend stolpert ein Clown herein, teilt seinem Direktor mit, dass er heute leider nicht auftreten kann. Seine Hosenträger sind kaputt.

»Aber Pepe«, versucht der Direktor ihn zu beruhigen. »Das müssen wir nicht hier vor allen Leuten klären. Es wird sich doch irgendwo ein Gürtel oder eine Sicherheitsnadel finden lassen.«
Er schickt den Clown hinaus und widmet sich erneut seiner Ansage. Aber schon kommt Pepe, immer noch heulend, zurück. Die weite Schlabberhose hängt ihm

fast auf den Knien, darunter blitzt seine lange Unterhose, die über und über mit bunten Flicken besetzt ist, hervor. Er schleppt einen langen Ledergürtel hinter sich her, der mindestens zehn Meter misst. Dazu hat er eine Sicherheitsnadel geschultert, die fast so groß ist wie er selbst.
»Pepe! Was willst du denn damit? Das ist ja alles viel zu groß!«
Pepe heult und schluchzt, dass man ihn kaum verstehen kann. Er versucht verzweifelt sich in den Riesengürtel zu rollen.
Der Direktor fasst ihn am Ärmel und fragt: »Wo hast du denn den Kram her?«
»Aus dem Elefantenkäfig!«
Der Direktor verdreht die Augen. »Ich bitte dich, Pepe! Der Gürtel ist für das Elefantenkostüm. Dafür bist du doch viel zu dünn. Du müsstest . . .«
Der Clown springt zur Seite und rennt davon. Dabei schreit er: »Ich bin zu dünn!

Er gibt mir nicht genug zu essen! Der Direktor lässt mich verhungern!«
Dann rennt er auf einen Zuschauer zu, der sich gebrannte Mandeln gekauft hat, und nascht aus dessen Tüte. Das alles ist dem Direktor natürlich gar nicht recht. Er versucht Pepe zurückzupfeifen. Aber der kümmert sich nicht um seinen Chef. Und nun beginnt eine Verfolgungsjagd, wobei der Clown deutliche Vorteile hat, er ist nämlich viel dreister als der Direktor. Er klettert einfach quer durch die Zuschauerreihen. Auf der Flucht schießen aus seiner Riesenbrille zwei Wasserfontänen, mit denen er die Leute ringsum nass spritzt.

Das Publikum tobt vor Lachen und auch Lilli schlägt sich prustend auf die Schenkel – bis schließlich der Clown aus dem Zelt flitzt.

Nun kommt der Zirkusdirektor endlich wieder zu Atem und kann seine Ansage vom Anfang zu Ende bringen. Immer noch leicht schnaufend, kündigt er die erste Artistennummer an: die Baldini-Brüder! Kaum hat er sie genannt, da wirbeln sie schon herein. Sie springen, machen Sal-

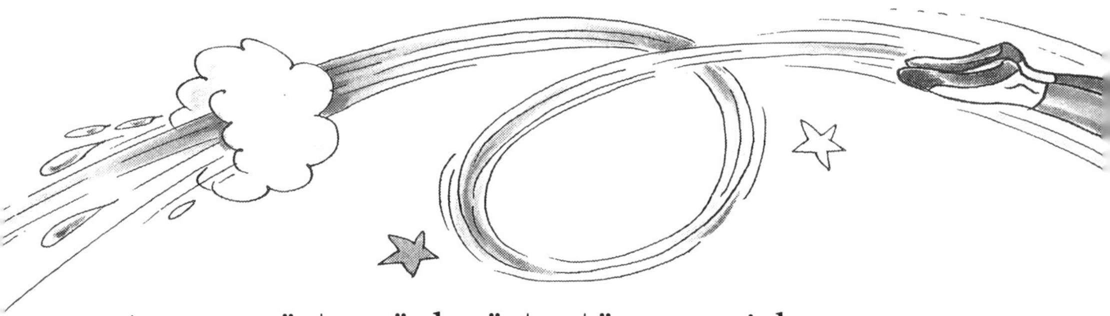

tos vorwärts, rückwärts, türmen sich zu fünft übereinander, hechten durch Feuerräder, laufen auf den Händen, schlagen Purzelbäume. Das geschieht so schnell, dass Lilli schon vom Zuschauen fast schwindelig wird; selbst wenn sie wollte, hätte sie keine Sekunde Zeit an etwas anderes zu denken.

Jetzt aber sprinten die Baldini-Brüder genauso schnell, wie sie gekommen sind, durch den Vorhang wieder hinaus und an ihrer Stelle wird der berühmte Messerwerfer Jimmy aus der amerikanischen Stadt Memphis angekündigt. Ein Ruck geht durch Lilli. Der Messerwerfer, der in der Donnerstagsvorstellung seine Assistentin so erschreckt hat! Na, mal sehen, wie es heute wird . . .

Messerwerfer Jimmy stolziert herein und lässt sich bejubeln. Ihm folgt viel bescheidener seine Assistentin im roten Cowboykostüm. Sie trägt zahlreiche unterschiedlich große Messer auf einem Tablett.
»Der lässt sich von ihr auch noch die Messer schleppen«, raunt Lilli ihrem Bruder zu.

»Dann kann sie aber keine Schlaftabletten genommen haben«, gibt der zu bedenken. Lilli zuckt nur die Achseln.
Vier Männer in rot-grünen Zirkusuniformen rollen ein großes Gestell herein. Darauf montieren sie eine Holzscheibe. Die Assistentin stellt sich nun vor die Scheibe

und schon lässt Jimmy die ersten Messer durch die Luft pfeifen. Haarscharf bohren sich die Messerspitzen in die Holzscheibe rings um die Frau, bis sie regelrecht eingerahmt ist.

»Ich kann gar nicht hinschauen«, sagt Mama und hält sich die Augen zu. Lilli dagegen beobachtet Jimmy scharf. Der kündigt als Nächstes lautstark einen Extraknüller für die heutige Galavorstellung an. Die uniformierten Helfer reißen daraufhin die Messer aus dem Holz und machen sich daran, die Assistentin mit dicken Lederriemen an Armen und Bei-

nen auf die Scheibe zu fesseln. Dann beginnt sich die Scheibe so zu drehen, dass die Frau immer wieder auf dem Kopf stehen muss. Und der Messerwerfer greift sich mit großen Gesten ein Messer und macht sich zum Werfen bereit.
Das Publikum hält den Atem an, Leon klammert sich an Mama. Nur Lilli hat anderes im Kopf. »Na warte«, flüstert sie

vor sich hin und klaubt rasch einen kleinen Zettel aus ihrer Hosentasche.
Inzwischen hat der Messerwerfer das Publikum um absolute Ruhe gebeten. Die Zirkuskapelle hat die Musik gestoppt und nur der Schlagzeuger macht einen langen Trommelwirbel, der allen unter die Haut geht. Jimmy holt aus, zielt auf die Drehscheibe – und wirft.
Aber was ist das? Das Messer prallt von der Scheibe zurück, fliegt auf Jimmy zu, saust haarscharf an ihm vorbei und landet im Sägemehl! Der Messerwerfer wird leichenblass und kann nicht fassen, was ihm da widerfahren ist. Das Publikum murmelt und lacht.

So bleibt dem verschreckten Jimmy nichts anderes übrig als es noch einmal zu versuchen. Er geht in Wurfposition. Es wird wieder still im Zelt. Der Messerwerfer holt dreimal tief Luft und wirft. Und . . . das Wurfgeschoss schnellt erneut zu ihm zurück. Diesmal reißt es ihm aber sogar den Cowboyhut vom Kopf.
Wie vom Blitz getroffen, steht Jimmy einen Moment da. Langsam bückt er sich nach seinem durchlöcherten Hut und schleicht wie ein begossener Pudel aus der Manege.

Das Publikum lacht jetzt laut und klatscht Beifall. Es hält das Ganze wohl für eine neue Clownsnummer. Und Leon lacht auch, denn ihm hat die Nummer viel besser gefallen als am Donnerstag. »Geschieht ihm ganz recht!«, ruft er Lilli vergnügt zu. Wenn er wüsste . . .

»Hochverehrte Zuschauer!«, ertönt da die Stimme des Zirkusdirektors, während die Zirkushelfer gerade die Assistentin von ihren Fesseln befreien. »Attraktionen! Sensationen! *Überraschungen!* Das ist Zirkus, wie er leibt und lebt, Zirkus der Superklasse! – Und weiter geht's in unserem Galaprogramm. Darf ich Sie nun um Ihre geschätzte Aufmerksamkeit für unsere nächste atemberaubende Nummer bitten: Signorina Explosiva, die lebende Kanonenkugel!«

Damit hat der Direktor nicht zu viel versprochen: Es ist wahrhaft atemberau-

bend, was Signorina Explosiva zu bieten hat. Lilli lehnt sich auf ihrem Platz zurück und genießt in vollen Zügen, was sie zu sehen bekommt. Hier braucht sie garantiert nicht mit Hexenkunst einzugreifen, das ist klar!
Sechzehn Helfer rollen ächzend eine schwere Eisenkanone herein. Signorina Explosiva schreitet würdevoll um die Kanone herum, schlägt prüfend mit einem Hammer auf das Riesenrohr. Auf einen Wink von ihr trägt der Zirkusdirektor höchstpersönlich die meterlange Zündschnur herein. Signorina Explosiva lässt es sich nicht nehmen, die Schnur selbst in die vorgesehene Öffnung zu führen. Dann lässt sie eine große Fackel aufflammen. Noch ein letztes Mal schreitet sie mit der brennenden Fackel um das Geschütz herum, ein Trommelwirbel ertönt, Signorina Explosiva entfacht die Lunte. Ohne

zu zögern, steigt sie todesmutig in das gewaltige Kanonenrohr.
Im Zirkus wird es mucksmäuschenstill. Man glaubt sogar das Zischeln der Zündschnur zu hören. Die Spannung ist unerträglich – und dann der Knall, der allen in die Glieder fährt! Signorina Explosiva, die lebende

Kanonenkugel, fliegt wie ein Geschoss quer durch den Zirkus. Die Menschen schreien auf. Aber schon tänzelt die Signorina unversehrt durch die Manege und verneigt sich nach allen Seiten.

Lilli jubelt. Ihre Augen strahlen. Und sie strahlen auch beim folgenden Höhepunkt, der Löwendressur. Und bei der Elefantenparade, bei der Trapeznummer, bei den Jongleurtricks . . . bis, ja bis der Zirkusdirektor wieder einmal vor den Vorhang tritt und tatsächlich den letzten Auftritt des Abends ansagt, den großartigen Zauberer Abraxis. Da fährt Lillis Hand

erneut in die Hosentasche. Ein Blick auf den geheimen Hexenzettel: Alles klar!
Der Vorhang geht auf, alle schauen erwartungsvoll und wollen den Zauberer hereinkommen sehen. Doch der kommt gar nicht durch den Vorhang. PENG! macht es und Abraxis erscheint wie aus dem Nichts in einer Wolke aus Rauch und Feuer mitten in der Manege.
»Das . . . das ist ja irre«, stammelt Leon. »Das hat er am Donnerstag aber nicht gemacht! Er muss wirklich und wahrhaftig hexen können.«
Lilli lächelt nur. Dann beginnt der Zauberer in bunter Reihenfolge Tücher, Tauben und Hasen aus seinem Hut zu locken. Hübsch sieht das aus; allerdings sind es Zaubertricks, die Lilli auch schon von anderen Zaubervorstellungen kennt.
»Mal sehen«, sagt sie vor sich hin. »Man könnte doch . . .«

Plötzlich geht ein Raunen durch das Publikum. Der Zauberer zieht ein lebendiges Schwein aus seinem Zylinder! Abraxis selbst scheint allerdings genauso überrascht zu sein wie das Publikum. Verdutzt schaut er in seinen Hut. Da springt ihm ein Eichhörnchen entgegen. Der Zauberer streckt den Hut weit von sich. Und was ist das? Mehr und mehr Eichhörnchen hüpfen nun aus dem Zauberhut. Zehn, fünfzehn, zwanzig, fünfzig, es

will kein Ende nehmen. Erst als Beifall aufbraust, marschieren die Eichhörnchen in einer langen Schlange zurück in den Hut.

Abraxis steht ein wenig verloren in der Manege und verbeugt sich. Aber jetzt geht die Hexerei erst richtig los! Alle möglichen Gegenstände tauchen kurz aus dem Hut auf, verwandeln sich vor aller Augen in prächtige Papierblumen und verschwinden wieder: ein Staubsauger, eine Kiste Bier, ein Fahrrad, zwei Blumentöpfe, eine Wohnzimmerlampe, Taucherflossen und manches andere.

Das Publikum klatscht stürmisch und

erhebt sich sogar von den Sitzen. Auch Leon springt auf; er muss sich auf seinen Sitz stellen, um überhaupt noch etwas zu sehen.

»Das hat er am Donnerstag aber nicht gemacht!«, wiederholt er begeistert.

Und dann – dann hebt der Zauberer Abraxis sanft vom Boden ab. Zufrieden murmelt Lilli etwas vor sich hin und der Zauberer schwebt noch höher empor. Er wird in ein geheimnisvolles Licht gehüllt und gleitet, gleichsam von den Lichtstrahlen getragen, langsam dem Ausgang zu.

Selbst der Zirkusdirektor traut seinen Augen nicht. Mit offenem Mund beobachtet er, was da in seinem Zirkus vor sich geht.

»Das ist ja noch stärker als David Copperfield!«, schreit Leon. Der Beifallssturm der Zuschauer will kein Ende nehmen. Angelockt von ihrem lauten Jubel, kommen schließlich alle Artisten einer nach dem anderen hinter dem Vorhang hervor. Die Musikkapelle schmettert einen Triumphmarsch.

Und Lilli? Lilli verbeugt sich, genau wie die Artisten, vornehm in alle Richtungen. Und sie hat Recht, denn eigentlich hat sie ebenso viel Applaus verdient. Oder etwa nicht?

Hektor,
Lillis Freund und Experte für
Magisches und Zauberei
präsentiert:

ZIRKUSTRICK NR. 1

»Die todesmutigen
Whip-Crackers als Clowns«

Zu einer *Whip-Cracker-Gruppe* (sprich Wipp-Kräcker, auf deutsch »Peitschenknaller«) gehören drei Artisten. Zwei Whip-Cracker halten zwischen sich eine Zeitung. Die soll von einem dritten mit seiner Peitsche in der Mitte durchtrennt werden. Die halbe Zeitung wird dann normalerweise wieder durchtrennt und so weiter, bis nur noch ein kleiner Rest

übrig bleibt. Dieser Zirkustrick lässt sich aber besonders schön als Clownsnummer vorbereiten:

Die Peitsche bastelt ihr euch aus einem kleinen Stock und einer ungefähr 1,50 m langen Schnur. Der Peitschenschläger zielt auf die Blattmitte. Doch bevor er die Zeitung überhaupt zerteilen kann, wird diese von den beiden Zeitungshaltern schon zerrissen! Damit die Sache noch komischer wirkt, kann der-/diejenige mit der Peitsche ein Cowboykostüm anziehen und die beiden anderen schützen sich wegen der »Todesgefahr« zur Sicherheit mit Taucherbrille, Sturzhelm, Wintermantel, dicken Handschuhen und so weiter . . .

Hektor,
Lillis Freund und Experte für
Magisches und Zauberei
präsentiert:

ZIRKUSTRICK NR. 2

»Die Menschenpyramide«

In keinem Zirkus dürfen die Menschenpyramiden fehlen!

Dazu noch eine alte Zirkus-Sicherheitsregel: Sollte trotz eurer Vorsicht einmal eine Menschenpyramide ins Wanken kommen, dann springt unbedingt immer nach vorne ab. So seht ihr, wo ihr hin-

springt, und fallt nicht auf den Rücken. Und da ihr keine Zirkusprofis seid, sorgt zur Sicherheit für einen weichen Untergrund (Sportmatte oder Grasfläche).
Wie alle Artisten müsst ihr natürlich kräftig üben, aber ich kann euch versichern, schon das Üben macht Spaß.
Nehmt die Abbildungen als Anregungen und lasst euch selbst etwas einfallen!

Hexe Lilli und der Ritter auf Zeitreise

Dieses Buch
enthält zwei starke Rittertricks.
Warte nur ab, bis du
am Ende des Buches
angekommen bist!

Erstes Kapitel

*In dem eine Vase zerdeppert wird,
ein Fernseher fast explodiert und
ein Polizeiauto beinahe gegen
ein Feuerwehrauto kracht*

Lilli sitzt in ihrem Zimmer und tut das, was sie am liebsten tut: lesen.
Lilli liest so ziemlich alles, was ihr unter die Nase kommt. Das können sehr unterschiedliche Bücher sein. Je nach Lust und Laune.
Auch der Held des Buches, das Lilli jetzt gerade liest, schmökert schrecklich gern. Im Gegensatz zu Lilli interessiert er sich aber ausschließlich für Ritterbücher. Immer!
Don Quichotte, so heißt der Held, hat aber wohl schon zu viele Ritterromane gelesen: Er bildet sich inzwischen ein, selbst ein Ritter zu sein. Obwohl es in der Zeit, in der er lebt, längst keine Ritter

mehr gibt. Weil er fast krankhaft von der Idee besessen ist, ein Ritter zu sein, benimmt er sich oft sehr komisch, man könnte auch sagen, verrückt . . .
Leon behauptet auch immer, dass Lilli zu viel liest. Aber nur, weil er will, dass Lilli mit ihm spielt. Typisch Leon . . .
So oder so: Lilli ist sicher, dass sie vom vielen Lesen ganz bestimmt nicht verrückt wird. Höchstens schlau! Lesen hat ihr nämlich schon bei vielen Hexenabenteuern weitergeholfen.

Das Buch über das Leben des Don Quichotte liest Lilli schon zum zweiten Mal. Der spanische Dichter Cervantes hat den Roman geschrieben. Er war so erfolgreich, dass man bald auf der ganzen Welt die Abenteuer des verrückten Ritters kannte. Darum hat dieser Roman den Dichter Cervantes sehr berühmt gemacht.
Gerade liest Lilli das Kapitel, in dem Don Quichotte gegen Windmühlen kämpft. Ein wirklich irres Abenteuer.
Aber wie so oft wird Lillis Ruhe gestört. Leon stürmt in ihr Zimmer. Er ist todunglücklich. Tränenüberströmt erzählt er, was ihm passiert ist. Aber er schluchzt so sehr, dass Lilli ihn kaum verstehen kann.
». . . Besenstiel . . . Lanze gebastelt . . . gegen Kleiderständer gekämpft . . .

plötzlich KRACH . . . so was Blödes! . . . warum . . . die blöde Vase auch ausgerechnet im Weg stehen . . . Mama . . . Kopf abreißen . . . kostet bestimmt . . . Euro . . .«

Lilli kann sich aus den wenigen verständlichen Worten zusammenreimen, was Leon angestellt hat.

Sie streicht ihm über den Kopf, nimmt ihn an die Hand und geht mit ihm ins Wohnzimmer, um sich den Schaden anzusehen. Die Scherben der Vase liegen, fein säuberlich gestapelt, auf einem Haufen.

»Sieht doch schön ordentlich aus.« Lilli versucht ihren Bruder aufzumuntern.

»Bin auch der beste Turmbauer im Kindergarten«, sagt Leon und seine Stimme klingt schon nicht mehr ganz so verzweifelt: »Vielleicht merkt Mama nichts, wenn

wir sie wieder zusammenkleben, bevor sie zurückkommt?« Aber Lilli schüttelt bedauernd den Kopf: »Die Vase ist nicht mehr zu retten.«

Wieder fängt Leon an zu weinen.

»Es ist bestimmt nicht sooo schlimm«, versucht Lilli ihn zu trösten, obwohl auch sie denkt, dass Mama bestimmt stocksauer sein wird. »Es hätte doch noch viel

schlimmer kommen können«, sagt Lilli aufmunternd.
»Du meinst, so schlimm wie damals, als Mama auf meinen Legoritter getreten ist?«
»Schlimmer!«
»Noch schlimmer?«
»Stell dir vor«, erzählt Lilli, »die Bruchvase wäre voll Wasser gewesen und hätte beim Zerdeppern das Zimmer unter Wasser gesetzt. Was wäre dann geschehen? – Du willst einen Eimer aus dem Badezimmer holen, um aufzuwischen. Aber auf dem nassen Boden rutschst du aus, willst dich an der Tischdecke festhalten, die rutscht vom Wohnzimmertisch und du reißt dabei Mamas neuen Computer vom Tisch. Der platscht voll in die Wohnzimmerpfütze. Du versuchst den Computer aufzuheben, aber er ist zu schwer, sodass

du rückwärts mit ihm in den Fernsehapparat fällst. Der explodiert! Zum Glück geschieht dir nichts, aber die Fensterscheiben zersplittern. Während du versuchst die Scherben aufzusammeln, schneidest du dich so heftig, dass du glaubst, du musst verbluten, und du rennst zum Telefon, um den Krankenwagen zu rufen. Das ist aber eigentlich nicht mehr nötig, denn er kommt ohnehin.«

»Warum?«, fragt Leon staunend.

»Weil ihn jemand anderes schon gerufen hat.«

»Wer?«

»Also, das ist nicht so einfach«, erklärt Lilli. »Die Sache wird immer komplizierter! Inzwischen ist nämlich mit Blaulicht die Polizei in unsere Straße gekommen – die wurde gerufen, weil die Explosion des Fernsehers so laut geknallt hat, dass jemand glaubte, eine Bombe hätte eingeschlagen ... Die Polizei kommt, flitzt aber zu schnell um die Ecke und – kracht mit dem Feuerwehrauto zusammen, welches gerade mit TATÜTATA aus der anderen Richtung in unsere Straßen eingebogen ist.«

»Aber hat es denn auch noch gebrannt?!«

»Nein, das nicht. Aber unsere Nachbarin aus der Wohnung unter uns hat die Feuerwehr schon viel früher gerufen, weil sie sich nicht anders zu helfen wusste: In ihrem Zimmer tropft es nämlich von der Decke – du erinnerst dich: das Wasser aus deiner Blumenvase!«

»Und der Krankenwagen kommt wegen dem Unfall von der Polizei mit dem Feuerwehrauto!«, ruft Leon stolz dazwischen.

»Nein!«, widerspricht Lilli.

»Nein?«

»Es gab zum Glück keine Verletzten bei dem Zusammenstoß. Nein, der Krankenwagen musste kommen, weil der Polizeimeister einen schweren Nervenzusammenbruch erlitten hat, als er hörte, dass alles nur wegen einer zerbrochenen Vase passiert ist.«

»Und *ich* bin schuld?«, fragt Leon mit offenem Mund.

Er versteht einfach nicht richtig, dass Lilli nur eine Geschichte erzählt hat, um ihn auf andere Gedanken zu bringen.

Manchmal ist er wirklich ein kleiner Trottel, weil er immer wieder auf Lillis Scherze hereinfällt – obwohl Lilli ihn dieses Mal gar nicht auf den Arm nehmen wollte. Sie wollte ihm doch nur klar machen, dass es Schlimmeres als eine zerbrochene Vase gibt.
In diesem Moment hören sie Geräusche an der Wohnungstür.
»Das ist bestimmt Mama!«, ruft Leon und versteckt sich hinter seiner Schwester. Aber Lilli ist mit ihrer Geschichte so richtig in Fahrt gekommen und fabuliert weiter:
»Nein, Leon. Das sind bestimmt die Leute vom Fernsehen! Die kommen, um das ganze Durcheinander zu filmen.«
Nun ist Leon restlos verunsichert und blickt überhaupt nicht mehr durch.
Und wer ist wirklich an der Tür?

Natürlich Mama, die wenig später ins Zimmer kommt. Leon ist so aufgeregt durch Lillis Geschichte, dass er gleich lossprudelt: »Mama, Mama! Du brauchst dich nicht aufzuregen. Die Feuerwehr ist nicht da, weil es bei uns brennt!«

»Die Feuerwehr?«

»Ja, weil doch unser Fernseher explodiert ist, also fast! Und dem Polizisten wegen mir die Nerven durchgebrochen sind und die Nachbarin den Krankenwagen gerufen hat, weil wenn die Vase voll Wasser gewesen wäre, dann war doch klar, dass die Feuerwehr . . . also sie ist mit dem Polizeiauto zusammengekracht, wegen dem Bombenalarm bei uns im Haus . . . und darum kommt gleich auch das Fernsehen . . . weil der Computer doch jetzt durch die Zimmerdecke tropft und das Wasser . . . also dein neuer Computer wird bestimmt wieder trocken . . . ncin, ich meine wegen der Tischdecke, an der ich mich festhalten wollte . . . *und jetzt ist die Vase kaputt!*«

Mama versteht überhaupt nichts und schaut Lilli fassungslos an. Da fügt Leon hinzu: »Das ist doch nicht so schlimm, oder? Lilli sagt auch, manchmal kommt alles viel schlimmer!«

»Nun mal der Reihe nach«, sagt Mama und bittet Lilli alles in Ruhe zu erklären. Lilli nimmt Mama einfach an die Hand und führt sie zum Tatort. Dort sehen sie gleich den fein säuberlich aufgestapelten Scherbenturm. Aber Mama stellt auch erleichtert fest, dass der Fernseher und der Computer heil an ihrem Platz stehen.

»Leon und ich haben gespielt und dabei ist leider die gute Vase draufgegangen«, erklärt Lilli und zwinkert Leon zu.

Mama nimmt eine Scherbe aus dem Haufen und fragt: »Und jetzt macht ihr euch Sorgen wegen der dummen Vase?«
»Ja«, sagt Leon kleinlaut und kuschelt sich dankbar an Lilli.
»Aber das ist doch nicht schlimm«, beteuert Mama. »Ich will euch ein Geheimnis verraten: Die Vase ist ein Geschenk von Tante Eliane und ich konnte das scheußliche Teil noch nie ausstehen. Ich hab das Monstrum nur aufgestellt, weil Tante Eliane doch oft einfach unangemeldet zu Besuch kommt. Ich hatte manchmal das Gefühl, dass sie uns regelrecht kontrolliert. Jedenfalls bin ich heilfroh, dass das Monsterteil endlich weg ist!«
»Und Tante Eliane?«
»Die wird auch nicht böse sein, schließlich habt ihr es nicht mit Absicht gemacht.«

Lilli schüttelt den Kopf und fragt: »Du magst die Vase gar nicht – und hast sie trotzdem aufgestellt? Warum sind Erwachsene immer so kompliziert?«
Mama lacht und antwortet: »Weil eine kleine Notlüge manchmal das Leben leichter macht! Wart's ab, bis du erwachsen bist!«
»Was ist eine Notlüge?«, fragt Leon mit großen Augen.
Er hat scheinbar wieder einmal überhaupt nichts kapiert.
Mama tut so, als hätte sie Leons Frage nicht verstanden, und geht zum Telefon.

»Wenn's euch beruhigt, ruf ich Tante Eliane gleich an und schaffe das Problem aus der Welt. Und dann muss ich euch noch etwas ganz Verrücktes erzählen. Ihr glaubt nicht, was in der Stadt gerade los war!«
Lilli nimmt Leon mit in ihr Zimmer.
Er muss ja nicht unbedingt mithören, was Mama am Telefon erzählt. Die Sache mit den Notlügen wird er schon noch früh genug begreifen . . .

Zweites Kapitel

In dem mit einer Lanze ein glitzernder Dämon gejagt und einiges Geschirr zerschlagen wird

»Stellt euch vor, was in der Stadt gerade los war«, sagt Mama, als sie in Lillis Zimmer kommt. Sie sieht ganz zufrieden aus. Offensichtlich ist das Gespräch mit Tante Eliane gut gelaufen . . .

»Also. Ich war im großen Kaufhaus in der Innenstadt, um mir einen Pullover zu kaufen. Dort hatten sie heute einen großen Aktionstag mit vielen Sonderangeboten! Ich bin also gleich in den zweiten Stock in die Damenabteilung gegangen. Gerade hatte ich einen Pulli gefunden und wollte ihn in der Umkleidekabine anprobieren, da hörte ich plötzlich lautes Rufen und Gebrüll aus dem Erdgeschoss. Die Leute schrien wild durcheinander, sodass man gar nicht verstehen konnte, worum es genau ging. Ich bin total erschrocken, weil ich dachte, dass vielleicht ein Feuer ausgebrochen sei.

Aber dann vernahm ich begeisterten Applaus und war beruhigt. Wahrscheinlich nur eine Werbeaktion, dachte ich. Ich kümmerte mich also wieder um meinen Pulli. Nun wurde das Getöse aber lauter und schließlich konnte ich nicht anders: Ich bin schnell zur Rolltreppe gelaufen, um nach unten schauen zu können. Ihr glaubt nicht, was ich gesehen habe: Dort unten zwängte sich ein Mann auf einem echten Pferd durch die engen Verkaufsgänge! Der Mann trug einen Helm und war auch sonst verkleidet wie ein Ritter.

Und als ob das nicht schon schlimm genug wäre, hatte er sich auch noch eine Lanze unter den Arm geklemmt. Offensichtlich haben auch die Leute im Erdgeschoss zunächst an einen Werbegag geglaubt, aber als der merkwürdige Reiter nun mit seiner Lanze so wild herumfuchtelte, dass dabei links und rechts von ihm alles, was in den Regalen stand, zu Bruch ging, merkten auch sie, dass hier irgendetwas nicht stimmte. Der Reiter rief etwas, was ich aber nicht verstehen konnte. Obwohl es nicht den Anschein machte, als wolle er Menschen jagen, flüchteten die Kunden inzwischen, laut um Hilfe schreiend, in alle Richtungen. Schließlich hat sich ihm ein Kaufhausdetektiv mutig in den Weg gestellt und gerufen: ›Sie Flegel! Steigen Sie vom Pferd. Sofort!‹ Das aber schien den Verrückten erst recht aufzustacheln, denn jetzt trieb er sein Pferd richtig an. Er nahm einen kurzen Anlauf und versuchte mit einem mächtigen Satz über ein Regal voll feinstem Porzellan zu springen. Aber das arme Tier war mehr ein lahmer Ackergaul als ein edles Springpferd, darum wurde aus dem Sprung nur ein mickriger Hüpfer! Der arme Gaul landete mit den hinteren Hufen in einem Stapel von Suppentellern und mit den vorderen in gläsernen Salatschüsseln. Das war ein Scheppern! Aber der verrückte Ritter hat sich davon nicht aufhalten lassen.

›Olé! Vorwärts!‹, rief er und hatte schon im nächsten Gang die Lampenabteilung erreicht, wo er zur Höchstform auflief. Die Lanze hoch in die Luft gestreckt, räumte er die blinkende Pracht ab. ›Nieder mit dem glitzernden Tand und den

Dämonenleuchten!‹, brüllte er. ›Don Quichotte wird euch den Garaus machen!‹ Weiter ging es in die Radio- und Fernsehabteilung. Oh weh! Das war ein Chaos! Trotzdem dauerte der ganze Spuk nicht länger als ein paar Minuten. Noch bevor die Polizei eintraf, sprengte der Verrückte auf die Straße hinaus.
Im Eingangsbereich stand gerade ein Fernsehteam, das wegen der Werbeaktion gekommen ist. Die wurden von dem wilden Reiter regelrecht über den Haufen geritten und sprangen auseinan-

der wie aufgescheuchte Hühner. Dann tauchte der Verrückte in wildem Galopp im Straßengewühl unter. Als endlich die Polizei eintraf, war von ihm nichts mehr zu sehen. Nur eine ratlose Menschenmenge – und ein schimpfender Geschäftsführer, der tobte und schrie wie ein Rumpelstilzchen: ›Haltet ihn! Wer bezahlt mir den Schaden!‹

Die Polizei wollte zunächst nicht glauben, was sich dort abgespielt haben sollte, und nahm umständlich die Ermittlungen auf.

Sie fingen an umstehende Augenzeugen zu befragen. Derweil war der verrückte Reiter natürlich längst über alle Berge.
Inzwischen hatten sich die Leute vom ersten Schrecken erholt. Alle waren froh, dass niemandem etwas passiert ist. Und trotz des erheblichen Schadens war es ja echt eine bühnenreife Vorstellung. Diese merkwürdige Rittergestalt auf diesem Klappergaul. Und sein übertrieben ritterliches Getue . . . Ein köstlicher Anblick!
Einer hat gerufen: ›Hoch lebe Don Quichotte de la Kaufhaus! Endlich mal etwas los in unserer Stadt.‹ – ›Der edle Ritter kämpft bestimmt für niedrige Preise!‹, rief ein anderer. ›Das versteht man also heute unter Schnäppchenjagd.‹ Und alle Leute haben gelacht.«
Mama hat offensichtlich auch Spaß an dem verrückten Ritter gehabt, denn sie

lacht, während sie erzählt. Lilli dagegen wird es heiß und kalt. Ihr ist gar nicht nach Lachen zu Mute, denn ihr kommt bei Mamas Erzählung ein böser Verdacht: Sollte Don Quichotte etwa zurückgekehrt sein? Lilli hat nämlich vor nicht langer Zeit eine Begegnung mit dem echten Don Quichotte gehabt.
Damals hatte sie den verrückten Ritter mithilfe ihres geheimen Hexenbuches in ihr Zimmer gehext. Sie war selbst überrascht gewesen, dass sich im Hexenbuch tatsächlich ein Spruch fand, mit dem man sogar Romanfiguren zum Leben erwecken konnte. Aber die Folge dieser Zauberei war ein riesengroßes Chaos gewesen und Lilli denkt mit sehr gemischten Gefühlen daran zurück. Leon reißt Lilli aus ihren Überlegungen und ruft: »Vielleicht zeigen sie ihn ja im Fernsehen!«

»Keine schlechte Idee!«, bestätigt Mama. »Falls das Kamerateam ihn auf der Flucht noch filmen konnte, wäre das wirklich eine Meldung in den Nachrichten wert.«
Schnell laufen sie ins Wohnzimmer und schalten den Fernseher ein. Tatsächlich. Gerade kündigt der Fernsehmoderator den Zuschauern an: »Ein Kamerateam unseres Senders wurde heute zufällig Zeuge einer unglaublichen Begebenheit. Ein leibhaftiger Ritter, der sich ›Don Quichotte de la Kaufhaus‹ nannte, stürmte hoch zu Ross das größte Kaufhaus in der Innenstadt. Dort richtete er mit seinem ungestümen Pferd und auch mit seiner Lanze beträchtlichen Schaden an. Ob dieses Verhalten einen politischen Hintergrund hat oder ob es sich um die Aktion eines geistig Verwirrten

handelte, ist völlig unklar. Die Polizei sucht bisher ergebnislos nach dem Übeltäter. Unsere Filmaufnahmen zeigen ihn leider nur auf der Flucht nach seiner spektakulären Aktion. Sehen sie selbst . . .«

Etwas verwackelte Bilder zeigen, wie ein Mann im Ritterkostüm in vollem Galopp aus dem Kaufhaus reitet.

»Da ist ja unser verrückter Ritter!«, schreit Leon. »Ich erkenne ihn genau. Gegen ihn habe ich gekämpft! Nur schade, dass er damals ohne Pferd war. Aber ich hätte ihn trotzdem besiegt!«

»Du besiegst sie doch alle«, sagt Mama und streicht Leon über den Kopf.

Lilli bekommt das alles nicht mit. Sie überlegt fieberhaft, wie Don Quichotte es hat schaffen können, sich ohne ihr Hexenbuch in das Kaufhaus – in ihre Welt – zu zaubern. In Gedanken geht sie die Ereignisse des damaligen Tages durch.

»Genau. Das ist es!«, platzt es plötzlich aus ihr heraus. »So muss er es gemacht haben! Wie konnte ich nur so blöd sein . . .«

Leon und Mama sehen sich ratlos an.
»Wer muss *was* gemacht haben?«, fragt Mama.
»Ähh . . . ich meine . . .« Lilli sucht schnell nach einer Erklärung. »Ja, also . . . Ja. So muss Andreas die Rechenaufgabe geknackt haben! Mir ist plötzlich eingefallen, wie er auf die Lösung gekommen ist«, flunkert Lilli. »Am Besten ich geh jetzt in mein Zimmer und lass es mir noch einmal ganz genau durch den Kopf gehen!«
»Mann, bist du aber fleißig, dass du sogar jetzt über deine Hausaufgaben nachdenkst«, sagt Mama spöttisch und sieht Lilli zweifelnd hinterher.
Natürlich ist Lilli etwas ganz anderes eingefallen!
Damals hatte Lilli Don Quichotte in ihr Zimmer gehext. Aber nachdem er nicht nur mit Leon gekämpft, sondern sich

auch noch mit der nervigen Nachbarin angelegt hatte, war am Ende sogar die Polizei gekommen. Absolut chaotisch war es – und Lilli hatte nur noch eines gewollt: ihn so schnell wie möglich loszuwerden.*

Genau genommen, hat Don Quichotte sich schließlich sogar selbst zurückgehext. Sicher nicht ganz freiwillig. Während er sich mit der Nachbarin im Hausflur herumschlug, holte Lilli rasch ihr geheimes Hexenbuch und suchte den passenden Zauberspruch, der den wilden Ritter wieder zurückhexen sollte. Als Lilli gerade die richtige Seite aufgeblättert hatte, stürmte der verrückte Ritter zurück in ihr Zimmer, sah sie mit dem Buch und riss es ihr aus der Hand. Denn das

* Wer es ganz genau wissen will, kann es nachlesen in dem Buch »Hexe Lilli und der verrückte Ritter«.

Lesen war ihm – außer dem Rittertum – das Wichtigste im Leben. Lilli wollte das Buch natürlich nicht hergeben! Ein so mächtiges und gefährliches Buch in den Händen eines Verrückten . . . Und dann war es passiert: Ratsch – riss bei dem Gerangel und Gezerre eine Seite aus dem Buch. Don Quichotte las laut – und löste sich vor ihren Augen, samt Buchseite, in Luft auf. Das Einzige, was von ihm übrig

blieb, war eine kleine Schnalle seiner Rüstung. Wegen der fehlenden Seite war Lilli nicht traurig gewesen. Sie war nur superfroh den verrückten Ritter los zu sein. Das Durcheinander, das er in der kurzen Zeit angerichtet hatte, war schon schlimm genug.
Aber die möglichen Folgen dieser eigentlich ungewollten Hexerei werden Lilli erst jetzt klar. Wenn der Ritter sich durch den Zauberspruch auf der herausgerissenen Seite selbst weghexen konnte, musste er sich dann nicht auch selbst wieder herzaubern können? Genau! Das war des Rätsels Lösung.

In diesem Moment stürmt Leon in Lillis Zimmer – natürlich wie immer ohne anzuklopfen . . .
Wütend fährt Lilli ihn an: »Wie oft habe ich dir schon gesagt . . .«
»Du musst Mama von dem verrückten Ritter erzählen«, fällt Leon Lilli ins Wort. »Wie hieß er noch? Ich glaube Don Küss Schlotter oder so ähnlich!« Inzwischen ist auch Mama in Lillis Zimmer gekommen. Sie streicht Leon über den Kopf und sagt: »Aber den Mann gibt es doch in Wirklichkeit gar nicht. Er ist nur aus einem weltberühmten Roman.«
»Aber er ist ein Ritter, genau wie ich!«, ruft Leon und holt gleich wieder seine Besenstiellanze, mit der er die Vase ritterlich zertrümmert hat. »Los, erzähl Mama von den tollen Abenteuern des verrückten Ritters.«

»Aber die kenne ich doch!«, lacht Mama. »Ich selbst habe sie Lilli vorgelesen, als sie noch so klein war wie du.«
»Aber ich bin nicht klein!«, protestiert Leon. »Ich bin ein starker Ritter. Ein Held, genau wie dieser Don vom Kaufhaus!«
»Ein echter Ritter ist höflich und klopft an, wenn er das Zimmer einer Dame betritt, du Pantoffelheld!«, erwidert Lilli und lächelt still in sich hinein, weil sie sich gerade erinnert, wie Don Quichotte übertrieben höflich vor ihr auf die Knie gefallen ist und ihr schaurig-schöne Liebesgedichte geplärrt hat. Gedichte wie dieses:

»Oh holde Maid
in Eurem schönen Sockenkleid,
Ihr seid mir fast genauso viel wert
wie Rosinante, mein getreues Pferd!«

Sollte Lilli sich über so ein scheußliches Liebesgedicht etwa freuen? Der Ritter war wirklich verrückt, aber irgendwie auch liebenswert.
So oder so. Lilli fühlt sich dafür verantwortlich, dass der arme Kerl wieder zurück in seine Romanwelt kommt. Und sie hat auch schon eine Idee, wie sie das anstellen will . . .
Jetzt keine Zeit verlieren! Wer weiß, was Don Quichotte gerade wieder anrichtet!
»Ich muss dringend etwas erledigen und dann kurz weg. Es ist wirklich sehr eilig«, sagt sie und öffnet demonstrativ die Tür.
»Eilige Leute soll man nicht aufhalten«, antwortet Mama und nimmt Leon mit ins Wohnzimmer.
Lilli wartet noch einen Moment, bis sicher ist, dass niemand sie stören wird. Dann kramt sie Don Quichottes abgeris-

sene Ritterschnalle aus dem Geheimversteck. Die braucht Lilli für den Hexensprung. Mit dem Hexensprung kann Lilli sich überall hinhexen, vorausgesetzt, sie hat einen Gegenstand vom Zielort. In diesem Fall will Lilli zu Don Quichotte, also nimmt sie die Schnalle von seiner Rüstung. Um per Hexensprung wieder in ihr

Kinderzimmer zurückkehren zu können, steckt sie noch rasch ihr Stoffmäuschen ein. Dann drückt Lilli die Ritterschnalle ans Herz. Den passenden Zauberspruch kennt sie auswendig. Ganz egal, wo der Ritter sich auch versteckt hat, gleich wird Lilli bei ihm sein.

Noch während sie den Spruch murmelt, fällt ihr ein, dass Don Quichotte sich ja inzwischen in seine Welt zurückgezaubert haben könnte. Wo wird sie dann landen? In einem Roman? Welch eine abenteuerliche Vorstellung . . .

Drittes Kapitel

In dem ein Ritter reiten lernt
und ein rotes Ungeheuer besiegt wird

Der magische Sprung dauert nicht lang. Kaum ist Lilli gestartet, fühlt sie schon wieder festen Boden unter ihren Füßen. Aus Erfahrung weiß sie, dass ein Hexensprung in eine andere Zeit länger dauern würde. Als Lilli die Augen aufschlägt, sieht sie gleich, dass sie im Stadtpark gelandet ist. Nicht weiter als zwei, drei Kilometer von ihrer Wohnung entfernt. Unglaublich! Und Don Quichotte sitzt direkt vor ihr auf einem Stein.

Sein Pferd hat er neben sich an einen Baum gebunden. Lilli verkneift sich ein Grinsen. Das ist nicht das edle Ross Rosinante, von dem Don Quichotte Lilli vorgeschwärmt hat! Am Baum steht ein alter Ackergaul. Klapprig und ausgemergelt, erweckt das bemitleidenswerte Tier den Anschein, als ob es umfallen würde, wenn es nicht festgebunden wäre . . .

Der Ritter erschrickt nur kurz, als Lilli so unvermittelt aus dem Nichts vor ihm auftaucht.
»Eure Hexenkünste überraschen mich immer aufs Neue, holde Maid«, sagt er. »Seid gegrüßt. Bin überrascht Euch hier draußen wieder zu treffen. Wenn ich gewusst hätte, wo ich Euer Schloss finden kann, hätte ich Euch dort sicher besucht. Aber um ehrlich zu sein: Ich weiß nicht, wo ich hier bin, und schon gar nicht, wie ich hierher kam. Ein echtes Abenteuer also, fürwahr eines echten Ritters würdig.«
Aha, denkt Lilli. Don Quichotte hat also keine Ahnung, dass er selbst, höchstpersönlich, sich ins 21. Jahrhundert gehext hat. Sie muss geschickt vorgehen, damit er keinen Verdacht schöpft. Schließlich muss sie ihm die herausgerissene Seite abluch-

sen, um ihn für immer zurück in seine Zeit schicken zu können. Freiwillig wird er sich wohl kaum von der magischen Seite trennen. Das wird sicher schwierig . . .

»Für Leute wie unsereins sind solche kleinen Tricks doch keine Hexerei«, sagt sie und fügt beiläufig hinzu: »Auch Ihr habt Euch doch nach Eurem Besuch bei mir einfach in Luft aufgelöst.«

»Weil Ihr mich aus Wut weggehext habt!«, sagt der Ritter. »Ich erinnere mich noch genau: Ich kam in Eure Kemenate und sah Euch mit einem Buch. Ich war sehr erstaunt, dass Ihr als Frau auch lesen könnt. Ich bat Euch . . . na ja, um ehrlich zu sein, ich nahm Euch das Buch wohl ein wenig zu ungestüm! Dabei riss eine Seite heraus. Ich begann zu lesen und Ihr wart wohl so erzürnt über das beschädigte Buch, dass Ihr Eure Hexenkunst walten ließet und mich mir nichts, dir nichts einfach weghextet.«

»Fürwahr, ich war erzürnt«, gibt Lilli zu und bemüht sich ihrer Stimme einen festen Klang zu geben, obwohl sie fast loslachen möchte, weil es ihr fremd ist, so altmodisch zu sprechen wie der Ritter.

»Die Seite aus meinem Buch . . .«, sagt Lilli und macht eine lange Pause. »Wie schade, dass sie jetzt fehlt, in meinem Buch . . .«

»Ich habe sie noch!«, ruft Don Quichotte begeistert, kramt irgendwo unter seiner Rüstung herum und reicht Lilli ein zerknittertes und ziemlich dreckiges Blatt Papier. Lilli kann es kaum fassen: Sie hält die Seite in der Hand. So leicht ging das!

»Ich hab sie natürlich aufbewahrt. Als Andenken an Euch. Und stellt Euch vor: Erst kürzlich habe ich sie Sancho Pansa, meinem Knappen, gezeigt und erklärt, dass ich sie von einer Frau habe. Einer Frau, die lesen kann. Er kann nämlich nicht lesen, wisst Ihr, und . . .«

Lilli hört gar nicht richtig hin, was Don Quichotte da redet. Sie überfliegt den Text der Seite, um möglichst schnell herauszufinden, wie der magische Spruch heißt, mit dem sie den verrückten Ritter wieder in seine Romanwelt hexen kann. Da! Da steht es! Mit diesen Worten wird es gelingen.

Don Quichotte redet und redet. Er scheint sehr aufgeregt: ». . . der arme Kerl ist ein wenig einfältig, und weil er nicht lesen kann, las ich ihm die Seite vor. Und dann – plötzlich – stehen wir an diesem magischen Ort. Laut ist es! Und Menschen, Menschen, noch merkwürdiger gekleidet als Ihr. Sie strömen in ein Schloss. Ein und aus. Neben dem Schloss ein Gemüsemarkt. Ich gebiete

Sancho Pansa dort zu warten, packe meine Lanze mit festem Griff und trabe forsch ins Getümmel. Überall grelle, teuflische Lichter. Heller als die Sonne. Fremdartig gruselige Musik tönt mir entgegen. Aber das kann einen Don Quichotte nicht schrecken! Ich bringe also meine Lanze in Angriffsstellung und . . .«

»Moment!«, unterbricht Lilli. »Bedeutet das, ihr habt Sancho Pansa auf dem Markt zurückgelassen?!«

»Ich ließ ihn und seinen Esel nicht im Stich! Er ist in keiner Gefahr. Ich ritt nur in diesen Wald, um . . .«

Auch das noch! Don Quichotte hat sich nicht allein hierher gehext! Lilli stößt einen tiefen Seufzer aus. Das bedeutet, dass sie nun erst noch seinen Knappen finden muss, um die beiden dann gemeinsam zurück in ihre Zeit zu hexen.

Lilli erinnert sich an Hexenregel 3428, Absatz Zeitreisen:

»Werden mehrere Personen gleichzeitig mit einem Zauberspruch behext, kann man sie auch nur gemeinsam wieder enthexen.«

Mist! Mist! Mist! Sie hatte gehofft, dass alles so einfach zu lösen wäre. Aus der Traum! Was tun? Sie überlegt: Ein Mann mit einem Esel wird auf dem Markt ja nicht schwer zu finden sein. Natürlich kann sie Don Quichotte nicht auf die Suche mitnehmen, er würde zu viel Aufsehen erregen.

Nach seinem Auftritt im Kaufhaus wird die Polizei sicher schon nach einem Ritter mit Pferd fahnden. Aber Sancho Pansa kennt Lilli ja nicht. Wird er ihr folgen wollen? Wohl eher nicht. Verflixt, also muss Don Quichotte doch mitkommen – natürlich ohne Pferd und ohne Ritterrüstung. Das wäre ja viel zu auffällig!
Lilli grübelt. Viel Zeit bleibt ihr nicht. Sie kann schließlich nicht ewig wegbleiben, irgendwann wird Mama nach ihr su-

chen. Aber sie muss Sancho Pansa finden. Falls er Don Quichottes Anweisungen befolgt hat, wird er noch am Markt sein. Aber bis dahin ist es weit. Mit dem Fahrrad ein Katzensprung, aber zu Fuß . . .

»Große Abenteuer liegen vor uns«, sagt sie an Don Quichotte gewandt. »Was tragt Ihr unter Eurer Rüstung?«

»Nur mein wollenes Unterkleid!«, antwortet der Ritter. Lilli traut ihren Ohren nicht. Don Quichotte trägt ein Kleid unter der engen Rüstung? Seltsame Mode. In Frauenkleidern würde der bärtige Ritter natürlich auch nicht gerade unauffällig sein. Lilli atmet tief durch.

»Könnt Ihr mir das Kleid einmal zeigen?«

»Wenn es dem Abenteuer dient, sind Rosinante und ich zu allem bereit«, erklärt Don Quichotte tatendurstig und klopft seinem Pferd liebevoll den Rücken. Dann legt er seine Rüstung ab. Das, was er Kleid nennt, ist nichts anderes als eine ritterliche, knielange Unterhose und ein schlotterndes Unterhemd. Ohne seine Rüstung sieht Don Quichotte noch dünner aus. Wie eine Vogelscheuche mit Ritterhelm steht er da. Das Unterhemd, vom Rost der Rüstung verfärbt, hat bestimmt seit Jahren keine Waschmaschine gesehen.

Es ist so groß, dass der klapperdünne Ritter darin fast verschwindet. Seine stachelig behaarten, dürren Beine, staksen aus der Unterhose wie Schaschlikspieße und passen überhaupt nicht zu den fein gearbeiteten Ritterschuhen. Alles in allem ein köstlich komischer Anblick. Lilli nennt ihn bei sich den »Ritter von der traurigen Gestalt«. Sie kann sich ein Grinsen nicht verkneifen.

»Bitte nehmt Euren Helm auch noch ab, damit wir einen friedlichen Eindruck machen, wenn wir die leuchtenden Dämonen überlisten wollen«, bittet Lilli und versucht wieder ernst zu werden. Aber das mit dem Helmabnehmen klappt nicht. Sosehr der Ritter sich auch bemüht: Er bekommt ihn nicht vom Kopf. Doch Lilli kann sich nicht länger damit aufhalten, sie hat es eilig.

»Rührt euch nicht vom Fleck, bis ich zurück bin«, beschwört Lilli die behelmte Gestalt in der Unterhose. »Es dauert nicht lange. Ich hol uns nur zwei Fahrräder.«
»Was ist das?«, ruft Don Quichotte Lilli hinterher.
»Stahlrösser!«, ruft Lilli zurück. »Bitte versteckt eure Rüstung und Rosinante im Gebüsch und bindet sie gut fest!«
Schon ist Lilli nicht mehr zu sehen.
Als sie nach kurzer Zeit zurückkommt, führt sie geschickt links und rechts ein Fahrrad. Erst als sie Don Quichottes staunende Augen sieht, fällt ihr ein, dass der ja nicht nur keine Fahrräder kennt, sondern sicher auch nicht fahren kann. Woher auch? In seiner Zeit gibt es ja noch keine Fahrräder. Zu dumm. Wie konnte sie das nur vergessen!

»Nie sah ich solch dürre Rösser! Pflegt Ihr sie nicht gut? Oder sind sie krank und wollen darum nicht fressen?«, will Don Quichotte wissen.
»Stahlrösser fressen nicht. Sie brauchen nur Öl, damit sie gut laufen«, antwortet Lilli.
»Dann gebt ihnen mehr Öl zu saufen. Es ist nicht gut, wenn man Tiere Hunger leiden lässt«, rät Don Quichotte und streichelt liebevoll über die Lampe von Lillis Fahrrad.
»Wie heißen sie?«, will er wissen. »Und warum reitet Ihr sie nicht, sondern führt sie an der Hand? Sind sie so bösartig, dass Ihr sie nicht einmal am Zügel führen könnt?«
»Nein!«, lacht Lilli. »Sie sind nicht bösartig. Nur kann man nicht beide gleichzeitig fahren, ähh . . . ich meine reiten. Meines

hat auch keinen Namen. Aber das große hier ist von meiner Mutter und so verrostet, dass man es gut Rostinante nennen könnte. Ich hatte es eigentlich für Euch mitgebracht, aber . . .«

»Lasst es mich reiten!«, ruft Don Quichotte und reißt Lilli das rostige Gefährt schon aus der Hand. Mit einem eleganten Sprung, den Lilli ihm gar nicht zugetraut hätte, springt er in den Sattel.

»Hopp, Rostinante. Galopp!« Genauso schnell, wie er aufgesprungen ist, fällt er wieder herunter. Aber der verrückte Ritter scheint das ganz normal zu finden.
»Auch Rosinante, das brave Tier, hat mich zuerst immer abgeworfen, weil es nur die Feldarbeit kannte und nicht gewohnt war, beritten zu werden«, belehrt er Lilli und springt erneut in den Sattel. Natürlich wieder mit dem gleichen Ergebnis.
»Ihr müsst es in Bewegung halten, dann reitet es sich gut«, erklärt Lilli, steigt auf und fährt eine kleine Runde. Don Quichotte schiebt sein Rad an, nimmt Anlauf und springt erneut in den Sattel. Mit dieser eigenwilligen Technik schafft er es tatsächlich, sich im Sattel zu halten und einige Meter zu fahren. Bis das Rad irgendwann ausgerollt ist und umkippt.

»Ihr müsst beim Reiten eines Stahlrosses ordentlich in die Steigbügel treten«, erklärt Lilli geduldig. »Immer abwechselnd links und rechts.« Don Quichotte rappelt sich hoch und schafft es wieder, mit seiner eigenwilligen Sprungtechnik aufs Rad zu steigen. Und wenig später tritt er so heftig in die Pedale, dass Lilli sich schon anstrengen muss hinterherzukommen.
»Kompliment, edler Ritter. Ihr lernt schneller, als ein Vogel fliegen kann.«
»Das Reiten liegt uns Rittern im Blut. Genau so wie das Drachentöten! Wo reiten wir hin?«, fragt Don Quichotte. »Ihr hattet heldenhafte Pläne, wenn ich mich recht erinnere!« Und noch ehe ihm Lilli antworten kann, schafft er es, seine erste wackelige Kurve zu fahren und umzukehren.
»Ich habe meine Lanze vergessen!«, ruft er

über die Schulter. »Ohne die kann ich nicht in den Kampf ziehen.« Schon ist er wieder zum Ausgangspunkt zurückgekehrt. Auch zum Absteigen wählt er keine wahrhaft ritterliche Technik. Er lässt das Rad einfach ausrollen und springt genauso wild ab, wie er aufgesprungen ist. Ross und Reiter kullern noch ein Stück, bis sie schließlich liegen bleiben.
»Geschafft!«, sagt Don Quichotte stolz. Dann geht er zu seinem Pferd Rosinante, flüstert dem Tier etwas ins Ohr und ergreift seine Lanze. Mit der Lanze unterm Arm ist das Aufsteigen natürlich noch schwieriger. Aber er lässt es sich von Lilli absolut nicht ausreden, die Lanze hier bei Rosinante zurückzulassen. Sie muss mit!
»Wohin?!«, fragt er schließlich knapp und fährt in rasanten Schlangenlinien den

Parkweg entlang. Zum Glück sind keine Spaziergänger unterwegs, denen er ausweichen müsste.
»Zum Kaufhaus, äh, ich meine zum Schloss!«, verbessert sich Lilli. »Bevor es ans Kämpfen geht, müssen wir zuerst deinen Knappen Sancho Pansa finden.«
Lilli fährt voraus und Don Quichotte folgt ihr. In seiner ritterlichen Unterhose sieht er aus, als wolle er als Clown im Zirkus auftreten. Sein Helm und die Lanze machen das Erscheinungsbild noch komischer. Don Quichotte jubelt: »Olé, Rostinante! Abenteuer und Heldentaten warten auf uns!«
Er taumelt mehr, als dass er fährt.

Doch dann geschieht es! Kaum haben sie den Park hinter sich gelassen und die Straße erreicht, düst er direkt auf das erste Auto zu, das sich ihnen aus einer Seitenstraße nähert.

»Aus dem Weg, du rotes Ungeheuer!«, brüllt er das Auto an. »Siehst du nicht, dass ich ein Ritter bin? Wie kannst du es wagen . . .«

»Vorsicht!«, schreit Lilli.

Zu spät! RUMMS – in hohem Bogen wird der Ritter aus dem Sattel gehoben. Zum Glück war das Fahrzeug nicht schnell. Der Fahrer

springt panisch aus dem Wagen und eilt auf den am Boden liegenden Ritter zu.

»Ich konnte nichts dafür!«, beteuert er immer wieder. »Der Trottel ist regelrecht auf mich zugefahren. Als wenn er es auf einen Zusammenstoß angelegt hätte. Wie sieht der überhaupt aus? Feiert wohl das ganze Jahr Karneval! Bestimmt ist er total betrunken.«

Don Quichotte liegt regungslos auf der Straße. Sein Helm ist ihm beim Zusammenprall vom Kopf gerutscht und die Lanze zerbrochen. Lilli beugt sich über ihn. Außer einigen Kratzern kann man keine Verletzung erkennen.

»Hallo Don«, flüstert sie. »Hörst du mich?« Besorgt streichelt sie ihm über sein faltiges Gesicht. Aber Don Quichotte scheint bewusstlos zu sein. Er

atmet schwach. Ob er schwere innere Verletzungen hat? Oder Knochenbrüche? Sie tätschelt ihm die Wange, um ihn aus seiner Ohnmacht zu holen. Aber vergeblich.

»Er ist direkt auf mich zugefahren! Mit voller Absicht!«, beteuert der Fahrer den Passanten, die jetzt stehen bleiben, um zu schauen, ob sie helfen können. Schon ist eine Polizeisirene zu hören. Fast gleichzeitig bremst ein Krankenwagen neben Lilli. Die Sanitäter drängen Lilli zur Seite und untersuchen den Verletzten. Noch ehe Lilli richtig begreift, was hier geschieht, wird Don Quichotte schon auf einer Trage in den Krankenwagen geschoben und ab geht's. Fassungslos schaut Lilli dem Krankenwagen hinterher.

»Du kennst den Mann?«, fragt plötzlich

eine Stimme hinter ihr. Die Polizei. Lilli hat sie in der Aufregung gar nicht kommen sehen. Alles ging so schnell.

»Nein, ich meine, ja«, stammelt Lilli. »Ich kenne ihn, aber . . .«

»Sie ist mit diesem Verrückten aus dem Park gekommen. Und er ist schnurstracks auf mich los. In einem Karnevalskostüm! Mitten im Sommer! Direkt auf mich los! Wie ein Angriff . . .«

»Wir kommen gleich zu Ihnen und nehmen den Unfall auf«, wehrt der Polizist den Fahrer ab. »Zuerst sind die Verletzten dran. Sehen sie denn nicht, die Kleine ist ganz verstört. Also. Kennst du den verletzten Mann? Gehört er zu dir?«

»Ja, er ist . . . es ist ein Bekannter von uns. Er ist . . . aus Spanien«, sagt Lilli, der so schnell nichts Besseres einfällt.

»Dann kommst du am besten mit uns auf

die Wache, damit wir die Personalien aufnehmen können.«
»In welches Krankenhaus bringen Sie ihn denn?«, will Lilli wissen.
»Das werden wir alles auf der Wache herausfinden.« Der Polizist versucht Lilli zu beruhigen. »Von dort aus rufen wir auch deine Eltern an, damit sie dich abholen.«
Auch das noch!
Schon wird Lilli sanft in den Polizeiwagen gedrängt. Mist! Tausend Fragen und Selbstvorwürfe gehen Lilli durch den Kopf. Wie geht es Don Quichotte und wo ist er?

Viertes Kapitel

In dem ein Ritter in einen Liebestaumel gerät, Blut rauscht und eine Quelle entdeckt wird

Don Quichotte erwacht im Krankenhausbett. Suchend sieht er sich um. Im Nebenbett liegt ein weiterer Patient. Als der Fremde sieht, dass Don Quichotte die Augen aufschlägt, betätigt er rasch den Alarmknopf für die Krankenschwester.
»Wo bin ich?«, fragt Don Quichotte. Der Fremde stellt sich vor: »Ich heiße Paul Stronzek. Sie sind im Krankenhaus. Sie waren ohnmächtig.«

»Von wegen ohnmächtig! Und ob ich mächtig bin! So mächtig wie tapfere Ritter nur sein können«, sagt Don Quichotte und will aus dem Bett springen. Es wird aber nur ein müder Hüpfer. »Seid Ihr auch ein Ritter?«, fragt er mit wackeligen Knien.
»Ich? Ein Ritter? Was soll das denn heißen?« In diesem Moment betritt die Krankenschwester das Zimmer. Als sie sieht, dass ihr frisch erwachter Patient schon auf den Beinen ist, fährt sie ihn in einem scharfen Befehlston an: »Aber, aber! Was machen Sie für Sachen? Marsch, zurück ins Bett!« Und SCHWUPS greift sie Don Quichotte beherzt unter die Arme und befördert ihn zurück ins Bett.
»Wir dürfen doch noch nicht aufstehen, potz Blitz!«, schimpft sie. Don Quichotte lässt sich jedoch nicht einschüchtern. Im Gegenteil: Der forsche Ton und die befeh-

lende Art der Krankenschwester scheinen ihm besonders gut zu gefallen. Auch ihre weiße Tracht beeindruckt ihn sehr. Schon springt er wieder aus dem Bett, fällt vor ihr auf die Knie und stimmt eines seiner furchtbaren Liebesgedichte an:

»Oh holde Maid im weißen Kleid,
Ihr seid die Schönste weit und breit.
Mein Herz gehört zwar Dulcinante
und auch manch andrer netten Tante.
Doch keine ist so forsch wie Ihr,
so wild als wie ein wilder Stier.
Ihr bringt mein Herz so recht in Wallung
mehr als mein Ross in seiner Stallung.
Ihr packt gut zu mit fester Hand
und bringt mich außer
Rand und Band.«

Die Schwester blickt den Mann, der da vor ihr auf die Knie gefallen ist, mit großen Augen an. Für gewöhnlich ist sie nie um eine Antwort verlegen, aber nun ist sie sprachlos und errötet sogar leicht. So hat noch niemand zu ihr gesprochen. Schließlich räuspert sie sich und sagt: »Ich muss jetzt weiterarbeiten. Und Sie sollten sich schonen. Der Arzt kommt gleich, um Sie weiter zu untersuchen. Wir haben Sie schon geröntgt. Gebrochen ist zum Glück nichts.«

»Doch!«, widerspricht Don Quichotte. »Mein Herz!

Es ist verliebt zerbrochen,
als Ihr zu mir gesprochen.
Mit Eurer Stimme, rau und fest,
da gabt Ihr mir fürwahr den Rest!«

Die Krankenschwester wischt sich eine Träne aus dem Augenwinkel. »Wenn doch nur alle Patienten so freundlich wären wie Sie«, sagt sie noch immer ganz gerührt und verlässt das Krankenzimmer.
»Freundlich . . . wenn ich nicht lache!«, schimpft Herr Stronzek und dreht Don Quichotte beleidigt den Rücken zu. »Affig nenn ich das. Dass die Frauen auf so was Kitschiges hereinfallen. Unglaublich! Fehlt nur noch, dass Sie ihr rote Rosen versprechen . . .«

»Rote Rosen?«, fragt Don Quichotte. »Ich dachte da eher an ein wahrhaft ritterliches Geschenk, das ich ihr zu Füßen lege. Einen gut ausgebluteten, geköpften Drachen oder zumindest ein kleines Fürstentum.«
Herr Stronzek sagt dazu lieber nichts. Dieser Zimmergenosse gibt ihm wirklich Rätsel auf . . .

Auch Lilli gibt den beiden Polizisten in der Polizeiwache ein Rätsel auf: Einer der beiden will zunächst den Namen und die Anschrift des verletzten Unfallverursachers aufschreiben. Damit hatte Lilli ja gerechnet und sich unterwegs einen Phantasienamen und eine Phantasieadresse für Don Quichotte ausgedacht. Aber nun will der Beamte auch noch ihre persönlichen Daten aufnehmen: »Du bist

eine wichtige Zeugin für uns!« Auch das noch! Lilli kommt in Not. Fehlt nur noch, dass die Polizei bei ihr zu Hause anruft . . .

»Ich heiße Vivian . . . aber ich . . . muss mal eben dringend aufs Klo«, sagt Lilli und lässt sich die Toilette zeigen. Dort schließt sie sich ein und überlegt, ob sie sich nicht einfach mit dem Hexensprung zu Don Quichotte hexen soll. Aber was ist, wenn er vielleicht gerade untersucht wird? Oder wenn er ernsthaft verletzt wurde und gerade operiert wird? Sie kann sich doch nicht einfach in den Operationssaal hexen! Dazu kommt – Lilli sucht fieberhaft in allen Hosentaschen –, dass sie die Schnalle verloren haben muss. Liegt die noch im Park? Das Einzige, was sie in der Hosentasche findet, ist ihr Fahrradschlüssel. Von der Schnalle keine Spur. Mist!

Also, zurück zu den Polizisten.

»In welchem Krankenhaus liegt der Verletzte denn?«, fragt Lilli rasch, noch bevor sie selbst Fragen beantworten muss.

»Im Marienhospital«, antwortet der Polizist. »Dort ist er in guten Händen.

Die sind dort auf Unfälle spezialisiert. Mach dir keine Sorgen. Aber jetzt solltest du uns . . .«
»Oh, ich glaube ich muss schon wieder«, ruft Lilli im Davonrennen. »Der Schrecken, Sie verstehen . . .«
Die beiden Polizisten nicken verständnisvoll und Lilli schließt sich erneut auf der Toilette ein. Klar, was sie vorhat! Mit dem Fahrradschlüssel macht sie zunächst den Hexensprung zu den Fahrrädern. Die liegen immer noch ganz in der Nähe des Stadtparks. Und von hier aus ist es nur ein Katzensprung zum Marienhospital. Schade nur, dass sie nicht die verdutzten Gesichter der Polizisten sehen kann! Wie sie an der Toilettentür klopfen und klopfen und klopfen und irgendwann die Tür aufbrechen, um zu entdecken, dass Lilli nicht mehr da ist. Lilli

muss trotz aller Sorgen grinsen. Sie sieht den Polizisten die Fragen buchstäblich auf der Stirn stehen: Wie konnte das Mädchen aus diesem winzigen Toilettenfenster flüchten? Sie muss waghalsig gut klettern können, denn die Toilette liegt im ersten Stock! Und warum flüchtet diese Vivian überhaupt? Gegen sie liegt doch nichts vor! Oder etwa doch . . .?
Die Toilette hat in der Tat ein winziges Fenster, das Lilli wohlweislich geöffnet hat, um den Polizisten wenigstens ein wenig Spielraum für ihre Phantasie zu lassen. Denn dass es in der Stadt ein Kind gibt, das wirklich hexen kann, muss die Polizei ja nicht unbedingt wissen . . .

Im Krankenhaus kommt die Schwester inzwischen ein weiteres Mal ins Zimmer. In der einen Hand hält sie eine flache

Schale mit irgendwelchen medizinischen Gerätschaften. In der anderen trägt sie eine Spritze, um ihrem Patienten Blut abzunehmen.

»Oh, herzhafte Maid, was ist das für ein merkwürdiges Ding in Eurer Hand?«, fragt Don Quichotte.

»Eine Spritze zum Blutabnehmen«, erklärt die Schwester. »Wir wollen herausfinden, warum Sie so lange ohnmächtig waren. Dafür müssen wir Sie mal so richtig auf den Kopf stellen.«

Schon springt Don Quichotte aus dem Bett und macht vor den erstaunten Augen der Krankenschwester einen Kopfstand. Auch Herr Stronzek staunt nicht schlecht, denn eine so sportliche Leistung hat er dem alten, klapprigen Mann nicht zugetraut. »Wenn es Euch gefällt, stelle ich mich gern für Euch auf den Kopf«, quäkt Don Quichotte, immer noch auf dem Kopf stehend. »Für eine starke Maid, wie Ihr eine seid, würde ich sogar auf meinen Händen bis Konstantinopel laufen!«

»Aber, aber! Zurück ins Bett!«, befiehlt die Schwester. »So war das doch nicht gemeint! Ich komme doch nur wegen dem Blutbild.«

»Ihr habt ein Bild für mich? Mit Eurem Blut gemalt? Wie aufregend!«, ruft der verrückte Ritter und lässt sich wieder auf seine Füße fallen.

»Das Blutbild ist eine Untersuchung und dafür brauche ich Ihr Blut«, erklärt die Schwester. Und schon bindet sie eine Art Gürtel um Don Quichottes Oberarm, zieht ihn fest und versucht mit der Nadel in seine Armbeuge zu stechen. Aber damit ist Don Quichotte überhaupt nicht einverstanden. Blitzschnell zieht er den Arm zurück.

»Aber es ist doch nur ein kleiner Piks und tut überhaupt nicht weh!«, versucht ihn die Schwester zu beruhigen.

Der Ritter versteht aber immer noch nicht und stammelt: »Ja, aber . . .«
»Wusste ich's doch, Sie *Bangbuxe!*«, fällt Herr Stronzek ihm ins Wort. »Spielen hier den großen Macker und wollen sogar ein Ritter sein – und jetzt machen Sie sich aus Angst vor einer Spritze ins Ritterhemd!«
»Erstens trage ich kein Ritterhemd – ich weiß auch nicht, wie ich zu diesem strahlend weißen Kittel komme – und zweitens kennt ein Ritter keine Angst! Vor nichts und niemandem!«, entrüstet sich Don Quichotte.
»Hören Sie doch nicht auf den«, sagt die Schwester. »Was glauben Sie, wie viele Menschen Angst vor Spritzen haben.«
»Sie brauchen mein Blut?«, fragt Don Quichotte. »Wozu dann diese lächerlich kleine Nadel?« Und dann geht alles ganz

schnell. Der Ritter reißt der Schwester den flachen Edelstahlnapf, in dem die kleinen medizinischen Geräte liegen, aus der Hand, leert den Inhalt in den Papierkorb, springt dann zum kleinen Nachttischchen, auf dem noch das Geschirr vom Mittagstisch steht, greift sich ein Messer und . . . AUTSCH!!! – der verrückte Ritter säbelt sich in den Arm, dass das

Blut nur so spritzt, fängt es in der blitzenden Schale auf und reicht es der Schwester.

»Mein Blut für Euch, meine Angebetete. Wenn ich Euch nur damit glücklich machen kann! Aber es tut mir Leid, ich kann damit kein Bild malen. Das gehört nicht zu den ritterlichen Tugenden.«

Herr Stronzek weiß vor Schreck nichts zu

sagen. Er sitzt kreidebleich auf seinem Bett. Die Schwester aber reagiert blitzschnell. Sie würgt das gürtelartige Band, das Don Quichotte immer noch um den Oberarm trägt, knalleng zu und bringt so die Blutung fast zum Stillstand. Dann presst sie eine Mullkompresse, die sie aus ihrer Kitteltasche zieht, auf die Wunde und verklebt sie anschließend mit Heftpflaster. Geschafft! Don Quichotte schaut der Aktion der Schwester interessiert zu und meint: »Ihr macht das sehr gut. So, als hättet Ihr Erfahrung damit. Welcher Ritter hat Euch vor mir sein Blut gespendet?«

»Papperlapapp!«, antwortet die Schwester ärgerlich und vergisst beim Hinausgehen sogar die Schale mit dem Blut mitzunehmen.

»Und sehen Sie zu, dass Sie sich das Blut

abwaschen!«, ruft sie dem verrückten Ritter noch zu. Dieser Patient ist ihr mit seiner unglaublichen Aktion eindeutig zu weit gegangen. Auch Don Quichotte spürt, dass er irgendetwas falsch gemacht hat. Er sieht ein wenig betroffen aus und fragt seinen Zimmernachbarn: »Wie soll ich mich waschen, wenn es nicht einmal einen Eimer gibt?«
»Dort, Sie Held!«, antwortet der und zeigt auf das Waschbecken.
Der Ritter versteht nicht und sagt: »Aber ich sehe kein Wasser.«
»Sie haben wohl Ihre ritterliche Brille vergessen«, antwortet Herr Stronzek, geht zum Becken und dreht den Wasserhahn auf. Don Quichotte starrt wie gebannt abwechselnd auf den Wasserstrahl und den Zimmernachbarn.
»Seid Ihr ein Magier?«, will er wissen. Herr

Stronzek fühlt sich auf den Arm genommen und dreht Don Quichotte wieder den Rücken zu. Darum sieht er nicht, wie sich der Ritter vorsichtig wie ein Jäger auf der Pirsch dem Waschbecken nähert. Immer noch starrt der Ritter wie gebannt auf den Wasserstrahl. Dann – plötzlich – springt er auf den Hahn zu. Betastet ihn, bis er den Mechanismus versteht. Er dreht den Wasserhahn auf und wieder zu. Er freut sich wie ein kleines Kind und spielt mit dem Hahn, als ob es ein Wunderding wäre. Dann spült er sein Blut ins Waschbecken, wäscht die Schale sauber und setzt sie sich wie einen Helm auf den Kopf.

»Seht mich an, Fremder«, sagt er stolz. »Auch ich bin ein Magier wie Ihr. Ich bin Herr dieser Quelle!« Und als Beweis seiner Zauberkraft lässt er immer wieder aufs Neue seine Quelle sprudeln.

Herr Stronzek schaut gar nicht hin. Erst als jemand an die Zimmertür klopft, dreht er sich um.

»Herein«, knurrt er unwirsch.

Und wer kommt ins Zimmer? Lilli! Als Don Quichotte sie sieht, hüpft er ihr so erfreut entgegen, dass sein Blechhut scheppernd zu Boden fällt. Auch Lilli ist froh den ihr ans Herz gewachsenen Ritter so wohlauf zu sehen.
»Geht es Euch wieder gut? Habt Ihr bei Eurem Unfall Schaden genommen?«, will sie wissen.
»Welchem Unfall?«, fragt Don Quichotte zurück.
Hat Don Quichotte bei dem Zusammenprall etwa sein Gedächtnis verloren? Lilli versucht es erneut: »Ich meine . . . vorhin, als Ihr aus dem Sattel gehoben wurdet . . .«
»Ach, bei meinem Kampf mit dem roten Ungetüm«, erwidert der verrückte Ritter. »Es hob mich zwar aus dem Sattel, daran erinnere ich mich. Aber ich bin sicher: Ich, Don

Quichotte de la Mancha, löschte ihm mit meinem Lanzenstoß das Leben aus.«

»Ihr sagt es«, erwidert Lilli und erinnert sich an die vielen unglaublichen Geschichten, die sie über Don Quichottes Kämpfe mit vermeintlichen Ungeheuern gelesen hat.

»Und was sagen die Ärzte? Seid Ihr böse verletzt? Ich meine, wegen dem vielen Blut auf eurem Nachthemd . . . Müsst Ihr noch hier bleiben?«

»Sie werden froh sein, wenn sie den verrückten Alten schnell wieder los sind«, wirft Herr Stronzek ein.

»Mich hält hier nichts mehr«, antwortet Don Quichotte, ohne den Einwurf von Herrn Stronzek zu beachten, und macht Anstalten, mit Lilli zu gehen. »Bei meinem Blute. Selbst bei der forschen Burgherrin bin ich wohl in Ungnade gefallen!«

Lilli mustert Don Quichotte, der in seinem weißen, blutbefleckten Nachthemd vor ihr steht und sagt: »Aber so können wir doch . . .«
»Dort, im Schrank!«, wird sie von Don Quichottes Zimmernachbarn unterbrochen. »Dort hinein haben sie seine persönlichen Sachen gelegt.«
Don Quichotte schlüpft in seine schmuddelige Ritterunterwäsche, aber er vermisst etwas im Schrank und stellt fest:

»Aber so kann ich doch nicht in den Kampf ziehen. Wo ist mein Helm? Wo meine Lanze?«

»Ihr verlort den Helm bei Eurem wackeren Kampfe«, erklärt Lilli. »Dabei musste leider auch Eure Lanze dran glauben.«

Doch Don Quichotte hat gleich eine gute Idee. »Als Helm taugt diese prächtige, blanke Schale da. Sie gehört der forschen Herrin. Wenn ich sie ihr zurückbringe, servier ich ihr darauf den abgehackten Kopf des bösen Riesen und ein verlorenes Königreich schenk ich ihr noch dazu«, verkündet er stolz und rückt den Blechnapf auf seinem Kopf zurecht. »Doch ohne Lanze . . .« Sein Blick durchstreift suchend das Zimmer und verharrt am Fenster. ZACK – schon hat er die Gardinenstange heruntergerissen. Dabei kommt mit Gepolter die gesamte Fensterdekoration von oben. Aber das stört ihn

nicht, denn er ist schon mit etwas anderem beschäftigt: Mit Verbandspflaster heftet er das Messer an das Ende der Stange und schafft es somit, aus einer harmlosen Gardinenstange eine gefährliche Waffe zu machen. Natürlich hat Don Quichottes Lanzenaktion ordentlich Lärm gemacht. Lilli hört herannahende Schritte auf dem Flur.
»Jetzt aber nix wie weg!«, zischt sie.
»Aber eines nicht vergessen!«, ruft Don Quichotte, und als wolle er das Krankenzimmer endgültig zerstören, reißt er zu Lillis Entsetzen mit seinen Bärenkräften auch

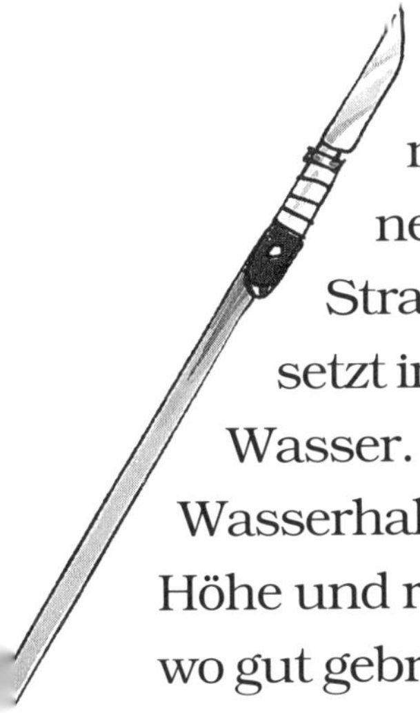

noch den Wasserhahn aus seiner Verankerung. Ein voller Strahl schießt aus der Wand und setzt im Nu das Krankenzimmer unter Wasser. Der verrückte Ritter hält den Wasserhahn wie eine Siegestrophäe in die Höhe und ruft: »Das Ding kann ich anderswo gut gebrauchen. Es ist eine Zauberquelle, wisst Ihr!«

Lilli zerrt den Ritter hinaus auf den Flur. Sie fliehen. Hinter sich das totale Chaos – vor sich die Krankenschwester. Don Quichotte ruft ihr noch zu:

»Ehrsame Maid,
bitte vergesst mich nicht,
auch wenn es euch
das Herz zerbricht!«

»Euch wird sie sicher niemals vergessen!«, beruhigt Lilli ihren Ritter und drängt ihn hinaus auf die Straße. Bloß weg hier!

Fünftes Kapitel

In dem ein Riese gesichtet,
unzählige Pferde befreit werden sollen und ein
Geist gejagt wird

Als Lilli Don Quichotte wenig später in seiner bewährten Sprungtechnik auf sein Stahlross hüpfen sieht, ist sie erleichtert. Er scheint sich bei dem Unfall wirklich nicht ernsthaft verletzt zu haben.
»Bitte keine weiteren Kämpfe mit irgendwelchen Ungeheuern mehr!«, schärft sie ihm ein. »Wichtigere Dinge warten auf uns. Wenn wir Euren Knappen finden wollen, bleibt uns nicht mehr viel Zeit. Fahrt . . . äh, ich meine, reitet unbedingt ganz dicht hinter mir!«
Zum Glück hält sich Don Quichotte an Lillis Anweisungen und sie kommen gut voran. Bald haben sie ohne weitere Zwischenfälle den Markt erreicht. Dort wartet allerdings eine Überraschung auf sie: Ein Stand ist regelrecht von Kindern umzingelt. Erst als Lilli und Don Quichotte sich durch die Menge drängeln, sehen

sie, dass Sancho Pansa mit seinem Esel den Menschenauflauf verursacht hat.

Sancho Pansa liegt neben einem Brathähnchenstand und schläft. Neben sich sein Esel – ein romantisches Bild. Selbst Lilli ist gerührt. Genau so hat sie sich Don Quichottes treuen Knappen vorgestellt. Und er macht seinem Namen alle Ehre: »Pansa« heißt Bauch. Und einen beeindruckend dicken Bauch präsentiert er den Staunenden. Vor sich hat Sancho seine Kappe auf das Pflaster gelegt, um bequemer ein Nickerchen machen zu können. Das aber haben die Leute missverstanden, denn sie spenden dem originell gekleideten Mann mit seinem drolligen Esel ihr Kleingeld. Die Kinder haben besonderen Spaß an dem Esel, streicheln und füttern ihn. Manche klettern auf seinen Rücken und werden dabei von ihren Eltern fotografiert.

Der Esel erträgt alles geduldig. Don Quichotte aber gefällt das Bild ganz und gar nicht. Energisch drängt er sich in den Kreis, um seinen Knappen rüde zu wecken. »Was sind das für Sitten?«, schimpft er. »Wo kämen wir da hin, wenn das alle täten? Das ist nicht ritterlich, im Schlaf sein Geld zu verdienen!«

»Großer Schlaf und kleines Geld,
schnarchend komm ich durch die Welt.
Und soll ich einmal fleißig sein,
dann schlaf ich immer dabei ein«,
erwidert Sancho.

Die Leute lachen und klatschen Beifall. Don Quichotte sieht mit seinem merkwürdigen Blechnapf auf dem Kopf, der selbst gebastelten Lanze und in seiner Unterwäsche ja auch zu komisch aus. Je aufgeregter er sich gebärdet und je wilder er seinen faulen Knappen beschimpft, desto mehr Applaus bekommen die zwei.

Offensichtlich halten alle die beiden merkwürdigen Figuren für Schauspieler, die ein Straßentheater aufführen, und werfen wieder Geld in Sancho Pansas Hut.

»Wir müssen los!«, drängt Lilli. Sie will natürlich ihre beiden Schützlinge so schnell wie möglich in den Stadtpark bringen, um sie mit ihrem Pferd wieder zurück in ihre Romanwelt zu schicken.

»Jetzt, da wir Euren Knappen gefunden haben, können wir es wagen, zu dritt den Drachen zu besiegen«, flunkert Lilli.

»Es gibt einen Drachen zu töten?«, ruft Don Quichotte und klopft sich tatendurstig den Staub aus seinem Hemd. Das macht eine solche Staubwolke, dass die Zuschauer niesen müssen.

»Er lauert in Rosinantes Nähe!«, verkündet Lilli.

»Alsdann! Auf in den Kampf!«, stimmt Don Quichotte ihr zu. »Nur eines noch!« Geschickt spießt er mit seiner Lanze nacheinander mehrere Brathähnchen vom Grill. »Ein Ritterbauch sollte gut gefüllt sein – und zahlen muss ein Ritter dafür natürlich nicht!« Die Umstehenden brüllen vor Lachen. Lilli nimmt sich Geld aus Sancho Pansas Kappe, um die Hähnchen zu bezahlen. Sie will nicht riskieren, dass der Händler ihnen die Polizei auf den Hals schickt. Aber zu ihrer Überraschung wehrt der Mann ab: »Ist schon in Ordnung so! Ich will kein Geld von euch! Kommt doch morgen wieder, das ist gut für meinen Umsatz!«
»Ja, kommt bald wieder!«, rufen auch die Leute. »In diesen trostlosen Zeiten schauen wir Rittern wie euch gerne zu!«
»Es ist uns eine Ehre«, sagt Don Quichot-

te und macht eine so tiefe Verbeugung, dass sein Napfhelm vom Kopf rutscht und über das Pflaster scheppert.
Unter dem Beifall der Umstehenden ziehen die drei los in Richtung Stadtpark. Lilli und Don Quichotte auf dem Fahrrad, Sancho auf dem Esel: eine komische Prozession.
Nach einer kurzen Wegstrecke springt Don Quichotte plötzlich vom Rad und schreit: »Seht! Ein Riese, ein Riese! Welch ein Prachtstück, gegen das zu

kämpfen es sich wahrlich lohnt!« Und jetzt sieht Lilli, was er meint. Auch das noch! Nicht weit vor ihnen reckt sich ein Riesenrad in den Himmel. Lilli hat total vergessen, dass hier seit gestern ein Jahrmarkt aufgebaut ist! Wie dumm von

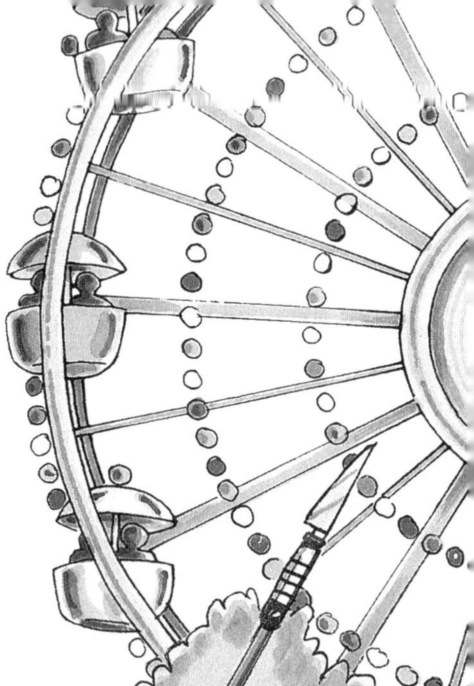

ihr! Aber jetzt ist es zu spät, einen anderen Weg zu wählen. Don Quichotte hat schon seine Lanze unter dem Arm in Angriffsstellung gebracht und radelt stürmisch Richtung Jahrmarktplatz. Das wundert Lilli nicht: Wenn er schon eine sich drehende Windmühle für eine Bedrohung hält, was muss dann erst ein Riesenrad für ihn bedeuten? Und wie wird er sich verhalten, wenn sie den Rummel erreicht haben und Riesenkraken, Karussells, Raketen und Pappmonster aus der Geisterbahn ihnen lautstark entgegenbrüllen. Davor muss sie ihn schützen! Aber Don Quichotte lässt sich von Lilli nicht mehr bremsen. Als Lilli mit Sancho Pansa den Rummelplatz erreicht, sieht sie den Ritter vor einem wunderschönen, alten Kinderkarussell stehen. Auf der Plattform bewegen sich prachtvolle Holzpferde würdevoll auf und ab. Das Karussell dreht langsam seine Runden und lässt dadurch die Pferde noch majestätischer erscheinen. Don Quichotte steht da, tief beeindruckt: »Es müssen unendlich viele Pferde sein! Wem jagen sie nach? Ich muss der Sache auf den Grund gehen!« Und schon springt er wieder auf sein Rad und rast um das Karussell herum.

»Vorwärts, Rostinante!«, versucht er sein Fahrrad anzutreiben. »Schneller! Wir müssen die Tiere überholen! Ich muss wissen, wem sie hinterherjagen!« Er ist so von seiner Idee besessen, dass er nicht bedenkt, dass ein Kreis ja keinen Anfang und kein Ende hat und er selbst auch immer nur im Kreis reitet. Immer schneller, immer wilder. Schließlich fällt er irgendwann schwindelig vom Rad.

»Aber Meister!«, versucht Sancho Pansa seinem Herrn zu erklären. »Seht ihr denn nicht, dass die Tiere nur aus Holz sind?«

Aber Don Quichotte hört seinem Knappen gar nicht richtig zu.
»Rostinante hat mich abgeworfen!«, schimpft er und torkelt heran.
Sancho versucht es noch einmal und erklärt: »Mein Herr, die Tiere sind nicht echt. Sie werden nur im Kreis gedreht!«
»Immer nur im Kreis reiten?«, ereifert sich Don Quichotte. »Welch eine Tierquälerei! Zeit, die armen Rosse von ihrem Schicksal zu befreien!« Schon stürmt er wieder auf das Karussell zu, packt ein Pferd am Hals, umklammert es, zerrt und ruckelt – und schafft es tatsächlich, das Holzpferd aus der Verankerung zu reißen. Inzwischen eilt der Besitzer heran, der damit natürlich überhaupt nicht einverstanden ist! Im Nu entsteht zwischen den beiden eine wilde Prügelei. Lilli schafft es gerade noch, blitzschnell Don Quichottes Lanze

an sich zu bringen, um so Schlimmeres zu verhüten. Obwohl Don Quichotte seinem Widersacher körperlich weit unterlegen ist, schafft er es doch, den kräftigen Mann in den Schwitzkasten zu nehmen. Kein Wunder – Don Quichotte ist ja auch ein kampfgeübter Bursche.

»Zu Hilfe! Zu Hilfe! Polizei!«, ruft der Mann. Jetzt wird's wirklich brenzlig! Lilli redet beschwichtigend auf Don Quichotte ein. Aber der lässt nicht von seinem Gegner ab. Lilli schaut sich suchend um.

»Dort ein Drache! Er speit Feuer! Wie gefährlich! Wer wagt es, ihn zu töten?«, brüllt sie und zeigt in Richtung Geisterbahn. Dort ist wirklich ein Riesendrache aus Plastik aufgebaut, aus dessen Maul künstliche Nebelschwaden schmauchen.

»Ein Drache?«, ruft Don Quichotte. Schon ist sein Gegner vergessen. »Großer Drache, große Ehre!« Und schon hat er ein neues Angriffsziel.

»Besser er legt sich mit einem Plastikdrachen an als mit einem Menschen!«, ruft Lilli Sancho Pansa zu, der seinem Herrn schon hinterhereilt. Sancho weiß zwar nicht, was Plastik ist, aber er ist es gewohnt, zu folgen, auch ohne zu verstehen, warum.

Bei der Geisterbahn angekommen, will Don Quichotte gleich hineinstürmen, denn der Mann an der Kasse brüllt über Lautsprecher immer wieder, dass das Gefährlichste und Spannendste natürlich drinnen stattfindet.

»Wenn Ihr hineingeht, wer beschützt mich dann vor dem gefährlichen Drachen?« Lilli spielt die Verzweifelte und kuschelt sich an Don Quichotte, als ob sie Schutz bei ihm suchen würde.

»Ihr habt Recht!«, stimmt Don Quichotte ihr zu, und gerade als Lilli aufatmen will und überlegt, wie sie von hier aus am schnellsten zu Rosinante gelangen können, fügt er hinzu: »Los, Sancho, geh du hinein. Nimm meine Lanze mit. Und mach uns Ehre! Dass du mir bloß fein säuberlich jeden Drachen ordentlich aufspießt!«

Sancho befolgt ergeben den Befehl seines

Herrn. Mürrisch murmelt er: »Die Abenteuer kommen uns gewiss heut Abend teuer.«

Aber da wird er auch schon von dem Mann an der Kasse zurückgehalten: »Den Esel müssen Sie draußen lassen – und natürlich zuerst bezahlen!«

»Man soll bezahlen für ein Abenteuer?«, ereifert sich Don Quichotte und will dem Kassierer schon an den Kragen.

»Der Drache, der Drache!«, winselt Lilli in einem letzten Versuch, die beiden von der Geisterbahn wegzulotsen. »Er hat mich gerade so böse angeschaut!« Schützend nimmt Don Quichotte Lilli wieder in den Arm. Doch Sancho streift seine Kappe vom Kopf und

lässt das Geld, das immer noch darunter verborgen war, in das Kassenhäuschen prasseln – und dann ist er auch schon im Dunkel der Geisterbahn verschwunden.
»Hoffentlich macht er kurzen Prozess mit den Ungeheuern«, sagt Lilli zu Don Quichotte. Doch dann verstummt sie vor Schreck. Zwei Polizisten kommen nämlich auf sie zu. Und es sind ausgerechnet die zwei, denen sie auf der Wache entwischt ist. Auch das noch! Sie fahnden sicher schon nach ihr – und natürlich vor allem nach Don Quichotte! Kein Wunder nach all dem Schlamassel, für den er verantwortlich ist: im Kaufhaus, auf der Straßenkreuzung, im Krankenhaus, am Karussell und, und, und . . .
Mist! Sie kann ja nicht einfach fliehen und Sancho Pansa in der Geisterbahn zurücklassen. Mist! Mist! Mist!

»Weg hier!«, zischelt sie Don Quichotte schließlich ins Ohr und zerrt ihn samt Fahrrad und Esel zum Ausgang der Geisterbahn. Dort suchen sie Deckung hinter einer Eisbude.
»Was ist los?«, fragt Don Quichotte. »Saht Ihr einen Geist?«
Lilli nickt und gibt Don Quichotte mit dem Finger zu verstehen, dass er schweigen soll.
»Ein Geist?«, fragt Don Quichotte noch einmal. »Wo seht Ihr ihn?«
In diesem Moment kommt Sancho zum Glück aus der Geisterbahn und murmelt benommen: »Es geistert in der Geisterbahn der Geist in seinem Geisterwahn.«
Lilli wartet noch einen winzigen Moment, bis die Polizisten vorübergegangen sind. Dann ruft sie: »Der Geist! Dort!« Sie zeigt in die Richtung, in die sie fliehen will.

»Wo?«, fragt Don Quichotte. »Ich sehe nichts!« Er kneift die Augen zusammen.
»Dort, dort! Schaut!«, schreit Lilli immer panischer.
»Was versetzt Euch so in Angst, schöne Maid?«, will Don Quichotte wissen und starrt gebannt in die Richtung, in die Lilli zeigt.
»Oh, nein!«, brüllt Lilli. »Der Geist! Jetzt hat er mich gepackt! Seht Ihr denn nicht?!« –

und schon drängt sie sich durch die Menge. Rennt und schwingt sich so bald es geht aufs Rad und fährt los. »Rettet mich, edler Ritter. Rettet mich!«, brüllt sie immer wieder. »Rettet mich vor dem bösen Geist!!«

»Bleibt tapfer, ich rette Euch!«, ruft Don Quichotte und springt auf sein Fahrrad, um Lilli zu folgen. Auch Sancho Pansa folgt mit seinem Esel. Natürlich ist Lilli schneller als ihre Gefährten, aber sie gibt Acht, dass die sie nicht aus den Augen

verlieren. Immer weiter schreit sie panisch um Hilfe und lockt die beiden hinter sich her. Aber was ist das? Klingt das nicht wie ein Martinshorn? Weit weg zwar, aber nähert es sich nicht? Auch das noch! Nur noch ein kleines Stück und dann werden sie den Stadtpark erreicht haben. Dort müssen sie nur noch Rosinante holen und dann . . .

Das Martinshorn wird immer lauter. Verflixt! Nicht jetzt!!! Es ist doch nicht mehr weit! Geschafft – sie sind am Stadtpark.

»Aufs Pferd mit Euch!«, fleht Lilli. »Auf einem Stahlross könnt Ihr einen Geist wie diesen nicht besiegen!« Zum Glück befolgt Don Quichotte Lillis Wunsch augenblicklich und springt in den Sattel. Lilli fährt um ein großes Beet herum, immer wieder, und brüllt: »Hilfe! Helft mir, mein Ritter! Fasst Euren Knappen an der

Hand und schneidet dem Dämonen den Weg ab!« Lilli sieht, wie Don Quichotte sich tatsächlich vom Pferderücken hinunterbeugt und Sancho Pansa an die Hand nimmt. Und ehe die beiden sich auch nur wundern können, springt Lilli vom Fahrrad, reißt den Zettel mit dem Zauberspruch aus der Tasche, beginnt keuchend zu lesen und

von ihren Gefährten ist nichts mehr zu sehen! Lilli steht wie versteinert und atmet tief durch. Aber eine Pause ist ihr nicht gegönnt! Durch die Bäume des Stadtwaldes sieht sie schon das Blaulicht blitzen und in diesem Augenblick jault auch schon wieder ohrenbetäubend laut das Martinshorn auf. Schnell hebt sie ihr Fahrrad auf drückt ihr Lillimäuschen

ans Herz. Sie hat keine Hand mehr frei für das andere Fahrrad, egal, dann muss sie Rostinante eben zurücklassen. HEXENSPRUNG – und

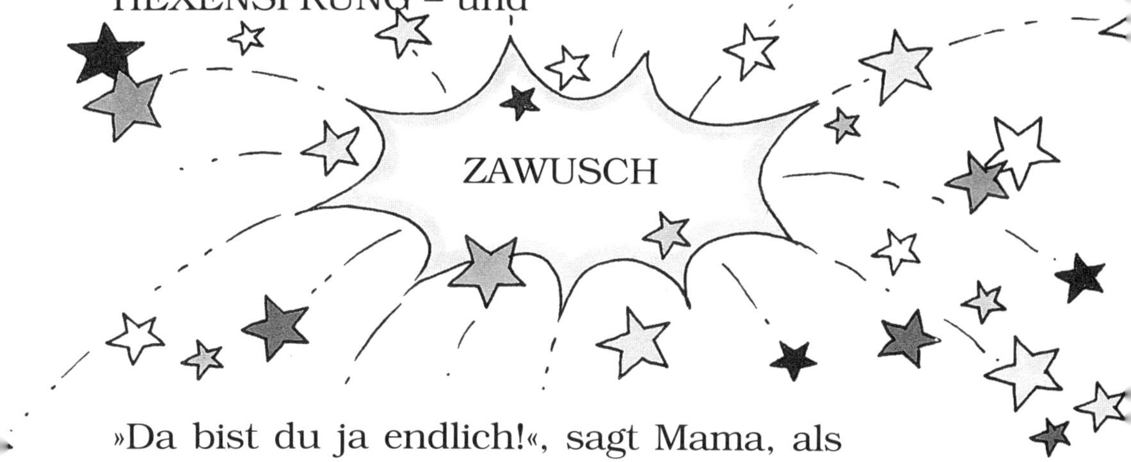

»Da bist du ja endlich!«, sagt Mama, als Lilli betont gelangweilt in die Küche kommt. »Zeit fürs Abendbrot!« In dem Moment taucht Leon im Türrahmen auf, in den Händen hält er ein merkwürdiges Gebilde. Er hat inzwischen mehr schlecht als recht versucht die Vase zu kleben. Aber welch ein klägliches Ergebnis. Die Vase sieht wirklich erbärmlich aus!

»Ach Leon«, sagt Mama. »Das ist lieb von dir. Aber es ist wirklich nicht schade um das hässliche Ding.« Sie nimmt Leon den Porzellanhaufen aus der Hand und wirft ihn triumphierend in den Mülleimer. »Ich bin wirklich von Herzen froh, dass wir das Monstrum los sind!« In diesem Moment klingelt die Türglocke.

»Wer kann das sein?«, fragt Leon.

»Keine Ahnung. Um diese Zeit?« Auch Mama hat keine Idee. Lilli geht zur Tür und öffnet. Und wer steht da? Tante Eliane. Und was trägt sie stolz wie ein König in der Hand? Genau: die gleiche Blumenvase, die Leon zertrümmert hat.

»Freut euch!«, sagt Tante Eliane überschwänglich. »Stellt euch vor, es ist mir gelungen, genau das gleiche tolle Stück noch einmal zu bekommen. Ihr müsst also nicht mehr traurig sein!«

Hektor,
Lillis Freund und Experte für
Magisches und Zauberei
präsentiert:

Arme Ritter à la Don Quichotte

Don Quichotte hat Lilli als Andenken sein Lieblingsrezept aufgeschrieben. Es heißt »Arme Ritter« und ist so einfach, dass selbst der chaotische Don Quichotte es alleine zubereiten kann.

Er isst die »Armen Ritter« am liebsten mit Zimt und Zucker bestreut – aber Sancho Pansa schwört auf die Variante mit flüssigem Honig. Und Rosinante frisst die armen Ritter am liebsten mit Erdbeermarmelade!

Und so geht's:

★ Don Quichotte stibitzt bei einem Bauern **2 Eier**.

☆ Einen alten zerfledderten Ritterroman tauscht er gegen **1/4 Liter Milch**.

★ Von einem fahrenden Ritter lässt er sich **einen halben Teelöffel Zimt** schenken.

★ Mit **einem Esslöffel Zucker** belohnt ihn eine schüchterne Dame, der er ein ritterliches Kompliment gemacht hat.

☆ Seine Nachbarin hilft ihm mit **4 Esslöffeln Butter** aus.

☆ **8 Scheiben Toastbrot** bekommt er vom Bäcker, weil er beim Abladen des Mehls geholfen hat.

1. Don Quichotte schlägt die Eier in eine Schüssel und verrührt sie mit der Milch, dem Zimt und dem Zucker. Die Masse gießt er in einen Suppenteller.

2. In dieser Eiermasse wendet er nach und nach die Toastscheiben, bis sie gut durchtränkt sind.

3. Inzwischen lässt er einen Esslöffel Butter in der Pfanne schmelzen.

4. Nun legt er zwei, drei Toastbrotscheiben in die Pfanne und lässt zuerst die eine, dann die andere Seite bei mittlerer Hitze goldbraun braten.

Lillis Geisterbahnspuk

Unter normalen Umständen wäre Lilli furchtbar gern mit Sancho Pansa zusammen in die Geisterbahn gegangen! Sie liebt dieses schaurige Gefühl und diesen Nervenkitzel. Aber schließlich hatte sie andere Sorgen – und für die Geisterbahn blieb keine Zeit. Aber zu Hause erfindet Lilli einen grandiosen Geisterspuk für Leon.

Sie besorgt sich:

- ein Glas, getrocknete Erbsen, ein Backblech, Wasser.

Und so geht's:
1. Abends, kurz bevor Leon ins Bett geht, füllt Lilli das Glas bis zum Rand mit den getrockneten Erbsen.
2. Dann gießt sie bis zum Rand Wasser hinzu und stellt das Glas auf das Backblech.
3. Als Leon zum Zähneputzen im Bad verschwindet, versteckt Lilli das Backblech mit dem Erbsenglas unter Leons Bett.
4. Nun heißt es abwarten. Die Erbsen saugen sich mit Wasser voll und werden

immer dicker. Wenn im Glas nicht mehr genug Platz ist, dann fallen die Erbsen einzeln mit einem gespenstischen »Plopp« auf das Backblech. Gruselig!

Wenn du das nachmachen willst, solltest du daran denken, dass dies ein WIRKLICH schauriger Spuk ist. Bei noch kleinen Geschwistern probiere es lieber am Tage aus – damit sich niemand *ernsthaft* fürchtet!

mit tollen Wackelbildern zum Sammeln!
KNISTER
Hexe Lilli
auf Schloss Dracula
EUROPA
KNISTER
Hexe Lilli
auf Schloss Dracula
EUROPA

KNISTERnde Spannung

Guten Tag.

Ich bin KNISTER, der die **Hexe Lilli** geschrieben hat. Ich möchte euch gerne mehr über meine Bücher erzählen. Die schreibe ich übrigens mit dem Computer: einem großen, der bei mir zu Hause steht, und einem kleinen auf einem Segelboot.

KNISTER im Internet!
Mit KNISTER Spieleseiten!

www.knister.com

Für den Arena Verlag habe ich inzwischen einen ganzen Stapel spannender Bücher verfasst:

- Hexe Lilli
  Mit vielen Büchern aus der Erfolgsserie
- Viel Wirbel um Yoko
- Teppichpiloten
- Teppichpiloten starten durch
- Teppichpiloten mit Geheimauftrag
- Teppichpiloten erobern den Weltraum
- Bröselmann und das Steinzeit-Ei
- Willi Wirsing
- Alles Spagetti
- Wo ist mein Schuh? fragt die Kuh
- Knuspermaus im Weihnachtshaus

Meine Taschenbücher:

- Die Sockensuchmaschine
- Willi Wirsing
- Der Krimi vom Weihnachtsmann
- Die Teppichpiloten – Turboschnelle Abenteuer
- Teppichpiloten jagen durch die Zeiten
- Die Reiter des eisernen Drachen
- Wer verflixt ist Yoko?
- Yoko mischt die Schule auf
- Yoko und die Gruselnacht im Klassenzimmer

Arena
www.arena-verlag.de

Entdecke Hexe Lilli

Deine geheimsten Träume, deine schönsten Erinnerungen und deine schlimmsten Stunden darfst du diesem Tagebuch anvertrauen. Außer Gedanken und Gefühlen kannst du auch deinen ersten Liebesbrief, besondere Eintrittskarten oder eine wertvolle Haarlocke aufbewahren, denn dieses Tagebuch hat eine einzigartige Geheimschublade! Und natürlich ist beides – Buch und Schublade – abschließbar!

160 Seiten. Gebunden. Vierfarbiger, wattierter Umschlag. ISBN 3-401-05711-1
Ab 1.1.2007: ISBN 978-3-401-05711-8

Ein richtiges kleines Schatzkästchen ist diese pink-orangefarbene Schmuckschachtel. Und alle Hexe Lilli-Fans werden viele Ideen haben, was man darin alles aufbewahren kann: die schönsten Haarspangen, die ersten Schminksachen, wertvolle Schreibutensilien, die liebsten Fotos …
Vorerst enthält die Schachtel jedoch 20 starke Hexe Lilli-Postkarten mit 10 verschiedenen Motiven, die zu allen wichtigen Anlässen verschickt werden können. Da greifen selbst Schreibmuffel zum Füller – wetten?

ISBN 3-401-05824-X
Ab 1.1.2007:
ISBN 978-3-401-05824-5

Arena
www.arena-verlag.de

Hexe Lilli im Taschenbuch

Lilli the Witch at Vampire Castle

104 Seiten. Arena-Taschenbuch
ISBN 3-401-0**2425**-6
Ab 1.1.2007: ISBN 978-3-401-0**2425**-7

Englisch lernen mit KNISTERs sympathischer Powerhexe

- Bände in englischer Sprache
- Für Leser mit geringe Grundkenntnissen
- Vokabelhilfen auf jeder Seite

Lilli the Witch – Trouble at school

104 Seiten. Arena-Taschenbuch
ISBN 3-401-0**2850**-2
Ab 1.1.2007: ISBN 978-3-401-0**2850**-7

144 Seiten. Arena-Taschenbuch
ISBN 3-401-0**2298**-9
Ab 1.1.2007: ISBN 978-3-401-0**2298**-7

Hexe Lillis großes Geheimnis

Hexe Lilli in einer speziell für den Unterricht konzipierten Taschenbuchausgabe

- Mit didaktischem Material
- für dic 3. und 4. Klassc

Arena
www.arena-verlag.de

Für alle deine Freunde

Dieses supergeheime Schulfreundebuch ist nur für Hexe Lilli-Fans und allerbeste Freunde! Auf vielen witzig und abwechslungsreich gestalteten Seiten ist Platz für persönliche Eintragungen, Lieblingssprüche, Hobbys und was man sonst noch so über sich erzählen mag.

96 Seiten. Gebunden. Mit Geburtstagskalender. Vierfarbiger, wattierter Umschlag.
ISBN 3-401-0**5551**-8
Ab 1.1.2007: ISBN 978-3-401-0**5551**-0

Liebste Freundinnen, aber auch Kumpels, Omas, Opas, Tanten, Onkel können sich hier verewigen. Und auf der ersten Seite hat Hexe Lilli persönlich ihre Widmung eingetragen.

200 Seiten. Gebunden. Vierfarbiger, wattierter Umschlag.
ISBN 3-401-0**5690**-5
Ab 1.1.2007: ISBN 978-3-401-0**5690**-6